Il campione

www.battelloavapore.it

Titolo originale: Keeper
Published by arrangement with Walker Books Limited, London SE11 5HJ

Editing: Elàstico, Milano
Grafica dell'edizione italiana: Gioia Giunchi

I Edizione 2007

15033 Casale Monferrato (AL) - Via G. del Carretto, 10
Tel. 0142/3361 - Telefax 0142/74223
www.edizpiemme.it

Stampa: Mondadori Printing S.p.A. - Stabilimento NSM - Cles (Trento)

Mal Peet

Il campione

Illustrazioni di
Paolo D'Altan

Traduzione di
Marco Scaldini

PIEMME
Junior

Ai miei bambini e
agli altri miei tifosi

CAPITOLO 1

Paul Faustino inserì una cassetta vuota nel registratore e schiacciò due tasti. Poi mollò un colpo all'apparecchio e sbottò: – Chi è il miglior giornalista sportivo del Sud America? Chi è il numero uno?

L'uomo che guardava fuori dalla finestra non si voltò. Ma quando rispose si intuiva che sorrideva. – Non lo so, Paul. Chi?

– Io. *Io.* E credi che il capo mi compri un registratore come si deve? No, nemmeno ci pensa, lei –. Assestò un altro colpo all'apparecchio e sul display comparve una luce verde. Si sedette immediatamente davanti al piccolo microfono e iniziò a parlare. – Prova. Due agosto. Nastro uno. Paul Faustino, giornalista de *La Nación*, intervista il più grande portiere della storia, l'uomo che due giorni fa ha sollevato la Coppa del Mondo davanti a ottantamila tifosi e a più di duecento milioni di telespettatori.

Schiacciò qualche altro tasto, riavvolse il nastro e riascoltò.

L'ufficio di Faustino era al settimo piano di un palazzo appollaiato sulle colline intorno alla città. L'uomo alla finestra immaginò di essere un falco che si librava sopra la selva di edifici e le sfuggenti luci rosse e bianche del traffico. Da qualche parte, oltre quel tappeto di luci, sotto la volta delle stelle, c'era la foresta.

Era alto, un metro e novantadue per la precisione, e non proprio magro. Ma quando si allontanò dalla finestra per avvicinarsi al tavolo di Faustino, lo fece con movimenti agili e veloci.

Al giornalista sembrò che invece di camminare scivolasse sul pavimento.

– Sei pronto, Gato? –. Faustino teneva il dito sul tasto "pausa".

In mezzo al tavolo c'erano due bottiglie d'acqua, una caraffa piena di ghiaccio e una lampada che gettava ombre taglienti sulle facce dei due uomini. E su un oggetto d'oro, neanche troppo grosso. Raffigurava due donne in vestaglia che sorreggevano

un globo. Non era bello. Eppure non c'era calciatore al mondo che non lo desiderasse.

La Coppa del Mondo. Nella luce della lampada sembrava che prendesse fuoco.

L'omone posò le mani giunte sul tavolo. – Allora, da dove cominciamo?

– Da qualcuno dei tuoi ricordi, se non ti dispiace – propose Faustino. Alzò il dito dal pulsante e il nastro iniziò a girare. – Raccontami del posto in cui sei cresciuto.

– Ai margini del mondo. O almeno, così sembrava a me. C'era solo una strada, sterrata e polverosa, che giungeva da chissà dove, entrava nel nostro paese, lo attraversava e arrivava fino al margine della fo-

resta, là dove gli uomini tagliavano gli alberi. Oltre non c'era niente, stando a quel che diceva mio padre. Lui credeva che la foresta non avesse fine. Ogni giorno, all'alba, i camion si fermavano al confine del paese, dove gli uomini erano già lì ad aspettare. Mio padre era uno di loro: saliva su un camion e andava a lavorare, cioè a tagliare alberi. Una volta, tornato a casa, ci raccontò che la sua squadra aveva tagliato un albero enorme e che le scimmie che lo abitavano erano rimaste aggrappate ai rami fino all'ultimo momento, prima di scappare nel folto della foresta con i piccoli appesi alla pancia, lanciando grida altissime. Non saprei dire se le sue storie fossero vere o no, ma sono cresciuto ascoltandole. E mi piacevano. Può darsi che, nonostante abbia fatto di tutto per fermarmi, sia stato proprio mio padre a mettermi sulla strada che mi ha portato a essere ciò che sono. Durante il giorno si udivano i ruggiti dei grandi trattori gialli che trascinavano i tronchi lungo la strada, sollevando nuvole di polvere rossa che invadevano la *plaza* dove noi giocavamo a calcio. Non era che uno spiazzo di terra fra la chiesetta e il caffè, senza un filo d'erba. Le nostre partite cominciavano subito dopo la scuola e finivano solo quando tornavano i camion e calava l'oscurità. Inutile dire che tutti noi ragazzi andavamo matti per il calcio. E, a dire la verità, non solo noi: era una passione generale. Nel caffè c'era un televisore e quando trasmettevano una grande partita, ci pigiavamo tutti dentro per vederla. Alle pareti erano appese decine di poster e di fotografie, che raffiguravano i nostri giocatori, quelli tedeschi, spagnoli, inglesi, i grandi del passato e le squadre famose. E appena la partita finiva, anche se era buio o se pioveva, correvamo fuori sulla *plaza* e ripetevamo le azioni, dandoci i nomi e i soprannomi dei grandi campioni: Pelè, *O Rey*, Maradona, *El pibe de oro*.

– E tu eri El Gato – intervenne Paul Faustino.

Il portiere sorrise. – Oh no, non ancora – disse. – Ero un vero imbranato. Non ero capace di giocare. Gli altri ragazzi sapevano fare grandi numeri con la palla. Stopparla al volo con precisione, correre palleggiando con la testa, segnare in rovesciata e cose del genere. A me non riusciva niente di tutto ciò. Se mi arrivava la palla (e gli altri facevano in modo che non accadesse spesso) sembrava che mi si impigliasse fra le caviglie o che venisse respinta dalle mie ginocchia a punta. E poi non avevo equilibrio: bastava un leggero contrasto per mandarmi a gambe all'aria. Ero troppo alto, con le braccia e le gambe lunghe e scheletriche e due goffe manone. Mi chiamavano *Cigueña*, Cicogna. E non avevano tutti i torti.

Faustino sembrava un po' sconcertato. – Ma tu giocavi in porta...

– No. Nemmeno per idea. Sognavo di essere un attaccante, di infilare la rete con tiri perfetti che facevano balzare in piedi la folla urlante. Era il sogno di tutti noi. E poi c'erano già altri due ragazzi grandi e grossi che si mettevano sempre in porta. E così io venivo spinto ai margini del gioco. E nelle rare occasioni in cui accadeva che la palla rotolasse verso di me, il giocatore più vicino urlava "Mia!" e se ne impadroniva. Un giorno giocai per due ore senza toccare palla, tranne quando mi colpì per caso sulla schiena. Quello fu il giorno in cui decisi di farla finita col calcio. Avevo tredici anni.

– E invece, – osservò Faustino asciutto – da allora ti è capitato di giocare *qualche* altra partita...

Il portiere sorrise di nuovo. – Sì, in effetti il mio ritiro dalle scene era un po' prematuro, come si è scoperto poi. Ma non giocai più nella *plaza*. E fu proprio facendola finita con il calcio che divenni un calciatore.

– Non ti seguo – disse Faustino.

– Nella *plaza* non imparavo nulla. Se non avessi smesso, non sarei andato nella foresta, dove ho imparato tutto quello che so.

– Ho l'impressione – sospirò il giornalista – che

non è facendo delle domande che riuscirò ad avere delle risposte. Ok, raccontami tutto dal principio.

– Senza le partite, i pomeriggi erano interminabili e non c'era nulla, assolutamente nulla da fare. Mia madre e mia nonna non volevano che ciondolassi in giro e a quei tempi era impensabile che un ragazzo aiutasse nei lavori di casa. Sapevo leggere, certo, ma in tutto il paese gli unici libri si trovavano a scuola. Doveva pur esserci un modo per occupare i pomeriggi in quei due lunghi anni prima che anch'io potessi salire sul camion e andare al lavoro con mio padre.

Faustino si piegò verso il microfono del registratore e disse: – Vorrei sapere qualcosa della tua famiglia, Gato. Com'era la tua casa?

– Come tutte le altre. Anzi no, un po' più grande, perché mia nonna paterna, Nana, viveva con noi e mio padre aveva costruito una specie di prolungamento sul retro della casa. Lui ha sempre continuato a chiamarle "le stanze nuove", sebbene le avesse tirate su quando io avevo cinque anni e la mamma era incinta di mia sorella. Più che stanze, in realtà, erano dei cubicoli. In uno dormivano i miei genitori, in un altro Nana e mia sorella, e il terzo, il più piccolo, era per me. Mia nonna russava fortissimo e le pareti erano di cartone. A volte credevamo di im-

pazzire. Tutti tranne mia sorella, anche se dormiva nella stessa stanza: il russare della nonna non la disturbava, anzi, lei diceva che senza non riusciva a dormire. Le dava il ritmo del sonno. Per il resto la nostra casa era come tutte le altre. Blocchi di cemento dipinti di bianco e un tetto di lamiera. Tutto il paese era stato costruito molto rapidamente, da un giorno all'altro, diceva Nana. Erano arrivati i bulldozer che avevano spianato la strada dentro la foresta, poi avevano ripulito uno spiazzo e costruito queste case per i taglialegna. La stanza più grande della nostra casa aveva su un lato una cucina improvvisata. Alcune famiglie per cucinare usavano una stufa a legna, noi invece avevamo un fornello a gas con le bombole. Sul tetto mio padre aveva sistemato foglie e frasche per non far entrare la calura, ma nella stagione calda sembrava lo stesso di abitare in un forno. In quei mesi la nostra vita si svolgeva all'aperto. Mio padre dormiva su un'amaca sospesa fra un albero del pepe e un gancio fissato nel muro della casa.

El Gato tacque. Fissava il trofeo che aveva davanti e Paul Faustino riusciva a vedere due riflessi dorati che gli scintillavano negli occhi.

– Allora fantasticavo spesso di una cosa – riprese il portiere. – Vuoi che te ne parli?

Faustino sorrise. – Certo.

– Fantasticavo di vincere questa –. El Gato tracciò col dito un segno circolare sulla cima del globo. – E di portarmela a casa. Di notte, in segreto. Senza dirlo a nessuno. Avrei trovato mio padre addormentato nella sua amaca e gli avrei messo silenziosamente la coppa tra le mani. Così, al risveglio, si sarebbe trovato a stringere il premio più ambito al mondo. Mentre io osservavo la sua faccia.

– E ora che hai la coppa, – disse Faustino – puoi trasformare questo sogno in realtà. È questo che vuoi fare? Posso venire con te? Ti dispiace se facciamo qualche foto?

– Mio padre è morto.

Per un po' Faustino rimase in silenzio, forse per rispetto, forse per delusione. Poi il portiere tolse la mano dal trofeo e alzò lo sguardo: – Di cosa parlavamo?

– Di quello che facevi dopo aver abbandonato il calcio.

Capitolo 2

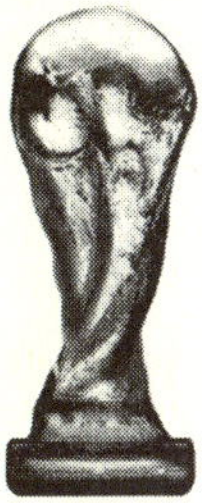

El Gato bevve un sorso d'acqua e riprese: – Una volta abbandonato il calcio, mi accorsi di una cosa, e cioè che il mondo nel quale avevo vissuto fino ad allora era *basso*.

– Basso? – gli fece eco Faustino. – Cioè?

– Io ero alto, come ti ho già detto. Quando ero in piedi nella mia camera potevo toccare le travi del tetto. A scuola guardavamo sempre giù: giù verso i libri, giù verso la punta delle matite, giù verso la pagina dell'atlante che mostrava la nostra nazione e lo spazio vuoto in mezzo al quale sorgeva il nostro paese. E anche nella *plaza*, durante le partite, vedevo solo piedi. Guardavo sempre giù. Credo di poter dire che finché non smisi di giocare a calcio, non guardai mai in su.

– E quando hai smesso di giocare a calcio e hai guardato in su, che cosa hai visto?

– Cielo e alberi. Alberi e cielo. Nient'altro. Forse ti sembrerà strano, ma non ci avevo mai pensato prima. Non mi ero mai fermato a riflettere sul fatto che vivevo in un piccolo spazio ritagliato nella giungla. Che se non fossero stati tagliati gli alberi per fare posto al nostro paese, io non avrei mai visto le stelle. Gli alberi della foresta occupano l'intera volta sopra di te. Nella foresta, vedere il cielo è un evento raro.

Dato che non giocavo, mi ritrovai disteso per terra a guardare il cielo, osservando prima le nuvole e poi le stelle scomparire nella foresta, che copriva e inghiottiva ogni cosa. Mi resi conto che ero circondato. E volevo uscirne. Forse cominciai a vagabondare nella foresta proprio per vedere se ci fosse una via d'uscita. E anche perché non avevo nient'altro da fare.

Devi sapere che la foresta, o la giungla, chiamala come vuoi, cercava continuamente di riprendersi il nostro paese. Allungava attraverso gli spazi disboscati le sue lunghe dita verdi, che si arrampicavano su per i muri e sollevavano i tetti delle case. Alla domenica, dopo la messa, mio padre girava intorno alla casa con un machete per mozzare le dita della giun-

gla: così potevamo rimanere al sicuro nel nostro spazio privo di verde. Almeno una volta al mese qualcosa strisciava fuori dalla foresta e si prendeva uno dei polli. Ogni sera, prima di andare a letto, mio padre faceva il giro della casa, armato di torcia e di un pesante bastone, a caccia di serpenti. E così facevano tutti gli altri abitanti del paese. Intorno alle case si era formata una stretta fascia di terra semiselvatica, una striscia di cespugli stentati, attraversati da sentieri che la gente percorreva solo alla luce del sole.

Un giorno decisi di oltrepassare l'area sicura intorno alle case e di inoltrarmi nella foresta più fitta. Non che fossi particolarmente coraggioso, ero solo annoiato e senza compagnia. Tutto qui. Mi incamminai lungo i sentieri dove polli e maiali si aggiravano in cerca di cibo e a un certo punto mi trovai davanti al muro scuro della foresta.

C'erano dei sentieri che si addentravano tra gli alberi. Ero solo un ragazzo e non capii che erano stati gli animali a farli, non l'uomo. Li seguivo finché non scomparivano nel complicato intreccio di radici degli alberi e nello spesso tappeto di foglie e felci. Vidi insetti fluorescenti e rane sfavillanti, e anche pappagalli dalle piume lucenti. Imparai la differenza fra le innocue grida di questi animali e l'oscuro silenzio che pervade la giungla all'avvicinarsi di

un giaguaro. E quando alla sera mi stendevo per dormire nel calore buio della mia stanzetta, sognavo questa oscurità nuova e affascinante.

Ma, come ho detto, non ero coraggioso. La foresta spaventava me come tutti gli altri. Cose che non potevo vedere mi sgattaiolavano fra i piedi. In mezzo alle foglie, sopra la mia testa, sentivo spezzarsi i rami. A volte piangevo e strillavo per la paura. E poi c'era un odore, una sorta di aroma pesante, dolce e marcio, che non ti faceva respirare bene. La luce era tenue e verde. Dove il sole riusciva a penetrare, i suoi raggi erano frastagliati dalle foglie, che creavano giochi di luce e ombra in mezzo ai quali spesso era difficile distinguere la forma delle cose.

Paul Faustino fremette. – Non è il genere di posto che preferisco – disse.

– No – concordò El Gato, cercando di immaginare il suo amico elegantemente vestito alle prese con i disagi della giungla. – E molti pensavano che non fosse un posto adatto neppure per me. Il nostro paese era piccolo e le chiacchiere giravano, così non ci volle molto perché la mia famiglia venisse a sapere di queste mie spedizioni nella giungla. Mio padre fu inflessibile. Lui sapeva quali pericoli ci

fossero là dentro, disse, perché il suo lavoro era proprio quello di combatterli. Mi raccontò di piante che graffiano e iniettano un veleno che nel giro di un'ora ti uccide. Mi raccontò di un suo compagno che si era allontanato di poco dal sentiero e che nessuno aveva più visto. Mi raccontò di misteriose tribù di selvaggi con la pelle dipinta che rapivano i bambini e li mangiavano. E per tutto il tempo in cui lui mi raccontò queste cose mia madre pianse e pregò ad alta voce.

Ma quanto a storie paurose sulla giungla, nessuno poteva competere con Nana. Le cose che mi raccontava! Nei fiumi e negli stagni vivevano le anaconde, serpenti giganteschi: se avevi la disgrazia di guardare nell'acqua, diceva Nana, ti ipnotizzavano con il freddo fuoco blu dei loro occhi, poi uscivano dall'acqua, ti stritolavano fino a soffocarti e ti inghiottivano intero. Mi raccontò, rabbrividendo, dell'albero *ya-te-veo*, che ha lunghe radici maligne ricoperte di spine più grandi della lama di un coltello. C'erano ragni giganti, diceva, che ti saltavano sulla faccia e ti soffocavano con i loro grossi corpi pelosi. Mia nonna aveva una fervida immaginazione; avrebbe dovuto fare la sceneggiatrice di film americani. Ma la cosa *peggiore*, ripeteva sempre, era che nell'oscurità della foresta vivevano i Morti-In-Attesa.

Ero spaventato e affascinato allo stesso tempo.
«Parli di fantasmi, Nana?»

Lei alzò le spalle. «Fantasmi, zombi, li chiamano in tanti modi.»

«Perché dici che sono in attesa? Che cosa aspettano?»

«Aspettano la cosa che possa farli morire per davvero, in modo che il loro spirito affamato riposi in pace. Fino ad allora continueranno a vagare, forse per sempre, in cerca di questo qualcosa. È davvero terribile.» Rabbrividì in modo teatrale.

«Ancora non capisco» dissi. «Cosa aspettano di preciso i Morti-In-Attesa?»

«Aspettano qualcosa che hanno desiderato molto quando erano vivi e non hanno mai avuto. Non possono morire per davvero perché ancora la desiderano troppo.»

Sciocchezze, ovviamente, ma ne ero affascinato. «E cos'è questo qualcosa?» insistetti.

«Potrebbe essere qualsiasi cosa» spiegò Nana. «Forse là fuori c'è un Morto-In-Attesa che ha sempre voluto un figlio. Un bel ragazzone di tredici anni.» A quel punto mi abbracciò. «No, questo no. Mi spiace di averlo anche solo pensato.»

Nonostante tutto, però, continuai ad andare nella foresta. Perché? Perché, come ti ho detto, non

c'era niente da fare e nessun posto dove andare. E poi incontravo cose meravigliose. Colibrì di un verde scintillante più piccoli di una farfalla, una famiglia di rane smeraldine che viveva in uno stagno grande come un bicchiere, scarabei con le ali trasparenti come vetro colorato, millepiedi dorati lunghi più di un braccio, che correvano sul tappeto di foglie morte della foresta. Maggiolini che sembravano fiori e fiori che sembravano maggiolini.

El Gato scorse l'espressione sul volto di Faustino e rise. – Vedo che la natura risveglia la tua fantasia romanzesca, non è vero Paul?

– Oh, senza dubbio. Non mi stancherei mai di ascoltare. Per noi ragazzi di città è fantastico stare a sentire storie di animali schifosi che strisciano e di fiori bizzarri! Ti prego, continua.

– Va bene, Paul, la farò breve. Però ascolta: quando scriverai di questo, devi sforzarti di trasmettere in qualche modo ai lettori l'incanto della foresta. È importante, davvero importante. Il perché lo capirai.

– Farò del mio meglio – assentì Faustino e poi, vedendo l'espressione scettica del calciatore, alzò le mani in segno di resa e rinnovò la sua promessa.

– Ok, Paul, mi fido di te. Comunque, nonostante tutto ciò che diceva la mia famiglia, iniziai a spingermi sempre più nel folto della foresta. Se ci ripenso ora, credo che andassi in cerca di qualcosa *dentro* la foresta, più che di un modo per uscirne *fuori*.

– E l'hai trovata, questa cosa che cercavi?

Era calata l'oscurità e la città sotto l'ufficio di Faustino si era trasformata in una danza frenetica di luci al neon e fari di automobili.

Il calciatore andò alla finestra e guardò giù, allargando le sue grandi mani sul vetro.

– No – rispose. – Fu lei a trovare me.

CAPITOLO 3

Accadde quando infransi l'unica regola che mi ero dato nelle mie incursioni nella foresta: mai perdere di vista il sentiero, in modo da sapere sempre dove fosse la via del ritorno. La sola cosa che mi faceva veramente paura era perdermi, non sapere dove andare quando fosse calata l'oscurità.

Ma un giorno, non so perché, infransi la regola. Forse intravidi uno sprazzo di luce più grande del solito e la curiosità fu troppo forte. Qualunque fosse il motivo, mi aprii una strada attraverso il sottobosco, incespicai in un tronco caduto e oltrepassai una pesante cortina di foglie carnose.

Mi ritrovai in uno spazio aperto.

Niente di strano, penserai. Ma se conoscessi la giungla, sapresti che trovare uno spazio aperto è semplicemente impossibile: lì qualunque cosa, anche la più piccola, si espande fino a occupare ogni centimetro disponibile. Eppure davanti a me c'era questa radura, coperta d'erba. Sì, *erba.* Erba bassa. Un ampio tappeto erboso. Mossi qualche passo sul prato, titubante: quella radura mi faceva più paura di qualunque pianta o animale avessi mai incontrato fino ad allora. C'era molta, troppa calma. Ronzii, ticchettii, grida e voci della foresta si erano fatti sempre più fievoli fino a spegnersi del tutto.

Era uno spiazzo lungo circa novanta metri e largo la metà, e io ero sbucato dalla foresta più o meno al centro del lato lungo. Guardai a sinistra, dove la radura terminava contro un muro impenetrabile di alberi. Poi guardai a destra. E rimasi di sasso.

C'era una porta. Una porta da calcio. Due pali e una traversa. E una rete, sistemata alla vecchia maniera: tirata all'indietro e fissata a due bastoni piantati nel terreno.

Non riuscivo a pensare a nulla. Nel vuoto che avevo in testa sentivo solo il mio cuore che batteva all'impazzata. Alla fine trovai la forza di muovere qualche passo verso quella porta impossibile. Era fatta di un legno grezzo, grigio argento, segnato dalle intemperie come le vecchie barche lasciate per anni su una spiaggia. Brillava leggermente. La rete, simile a una ragnatela, era dello stesso colore, e sui due bastoni che la sorreggevano crescevano sottili viticci verdi.

Mi sembrò che trascorressero secoli prima di trovare il coraggio di entrare nella porta. Toccai la rete. Era solida e resistente, nonostante l'età. Rimasi lì, con le dita aggrappate alla rete, la schiena rivolta verso il campo, cercando inutilmente una spiegazione.

All'improvviso iniziai a tremare, e sentii le ginocchia che cedevano. Ebbi la certezza di non essere solo. Mi feci forza e mi voltai.

Mi mancano le parole, Paul, per descrivere quello che vidi. Potrei dire che uscì dal folto della foresta, ma non sarebbe esatto. Entrò nella radura, questo sì, ma non sembrava tridimensionale, almeno finché non si fermò. Hai presente quando il segnale televisivo è disturbato? Le immagini hanno un'ombra di contorno, e sembra che le cose accadano due volte. Ecco: lo vidi muoversi e stare fermo al tempo stesso.

Era un portiere, ma non avevo mai visto una divisa come la sua. Aveva un maglione a collo alto lavorato a mano, verde come la foresta, e pantaloncini fino al ginocchio di cotone pesante. Ma ciò che attirò la mia attenzione furono le scarpette, alte, troppo lunghe, di pelle marrone e allacciate in modo complicato, con le stringhe che passavano sopra e sotto il piede e si annodavano dietro le caviglie. Portava un berretto all'antica, con una lunga tesa che gettava un'ombra profonda sul suo sguardo. Forse per questo la sua faccia mi sembrò priva di espressione. Sotto il braccio sinistro teneva un pallone, non come quello che usavamo noi ragazzi nella *plaza*, ma fatto di cuoio marrone, con un disegno a mattoncini.

Rimanemmo a guardarci. L'unico rumore che sentivo era il battito del mio cuore. Non so cosa avrei dato per non essere là. Avevo la sensazione di vivere un incubo da cui non riuscivo a svegliarmi. Tremavo come una foglia. Poi devo essermi mosso, come per tornare da dove ero venuto. Fu a quel punto che *lui* parlò. Il Portiere parlò, e fu quello a spaventarmi davvero.

Tu lo sai, Paul, come si doppiano i film: gli attori parlano e la voce dei doppiatori si sovrappone, ma il movimento delle labbra non sempre corrisponde. Così parlava il Portiere. Fuori tempo. E le parole sembravano metterci molto ad arrivare fino a me.

Ciò che disse fu: *Là. Il tuo posto. Ti appartiene.*

Me la detti a gambe. Forse urlavo anche, non lo so. L'unica cosa che ricordo è che mi tuffai oltre la cortina di foglie, scavalcai quel tronco marcio e ricoperto di muschio e mi misi a correre, inciampando qua e là, nella direzione in cui speravo ci fosse casa mia.

Quella sera, nella mia stanzetta buia e bollente, tremai come se avessi la febbre. Per tutta la notte continuai a sognare. Sognai la radura, esattamente

come l'avevo vista, ma immersa in una luce accecante, come quella prodotta da un milione di lampadine. Una luce così intensa da annullare tutti i colori. L'unica ombra era quella che nascondeva il volto del Portiere. La radura, la porta, gli alberi, tutto era color argento sotto un cielo nero. Guardavo le cime delle piante che si agitavano furiosamente nel vento. E il vento aveva una voce, una voce profonda che mi sussurrava: *Là. Il tuo posto. Ti appartiene.*

Mi svegliai da quel sogno non so quante volte quella notte, ma ogni volta che mi riaddormentavo tornavo là, insieme al Portiere, in quella radura illuminata d'argento e battuta dal vento. Non potevo fuggire e continuavo a udire quelle parole: *Là. Il tuo posto. Ti appartiene.* A volte era il vento a pronunciarle, a volte lui, e vedevo la sua bocca muoversi prima di sentire le parole. All'alba, esausto, sognai per l'ultima volta. Ma non udii la voce del vento né quella del Portiere. Ero io stesso a dire: *Qui. Il mio posto. Mi appartiene.*

Il giorno dopo ero a pezzi. A mia madre bastò un'occhiata per decidere di tenermi a casa da scuola. Mi fece un tè forte e mi sistemò sull'amaca di mio padre, all'ombra dell'albero del pepe.

Quel pomeriggio andai nella *plaza* a guardare la partita. Mi sedetti sotto la veranda del caffè, accan-

to al vecchio zio Feliciano, il fratello di Nana, che aveva una gamba inferma. Mi pagò una bibita, pescando una banconota spiegazzata da chissà dove tra gli strati dei vecchi indumenti che indossava. Poi mise le mani a coppa sul bastone da passeggio e vi appoggiò il mento. Guardammo la partita: liti, richiami, invocazioni a un arbitro immaginario, e i ragazzi che a ogni gol si inginocchiavano a braccia alzate come vedevano fare in televisione.

Dopo un po' lo zio Feliciano parlò, senza voltarsi: «Perché non giochi anche tu?».

Alzai le spalle. «Non mi sento bene. Ho un po' di febbre.»

«Non è per quello» disse lo zio Feliciano. «Mi sono accorto che non giochi da un po' di tempo.»

Non risposi.

«Maria dice che vai nella foresta.»

Mi ci volle un attimo per ricordarmi che Maria era il vero nome di mia nonna. « Ogni tanto» ammisi.

«E posso immaginarmi cosa ne pensa Maria» continuò lo zio Feliciano, senza smettere di guardare la partita. «Tutte quelle sue storie paurose. Te le ha raccontate?»

«Sì.»

Il vecchio emise un suono gracchiante che avrebbe voluto essere una risata. «Le donne!» esclamò.

«Più invecchiano, più si divertono a spaventare i ragazzini.» Poi si voltò verso di me, sollevò una mano dal bastone e mi colpì piano sulla guancia con una nocca. «Tu hai visto qualcosa» disse.

Abbassai lo sguardo sulla bottiglia. «No.»

«Sì invece» insistette lui. Tornò a guardare la partita, ma senza vederla. «Hai visto qualcosa nella foresta. Ne sono sicuro. Ascolta. Penserai che sono un vecchio matto, e forse è vero, ma ti ho comprato la bibita e tu devi ascoltarmi finché non l'hai finita.»

Mi rimanevano più o meno tre sorsi.

«Si tratta del *rispetto*» disse lo zio. «Sai cosa significa questa parola?»

«Penso di sì, zio» risposi.

«Invece credo di no» sbottò. «Quando avevo la tua età non sapevo cosa fosse il rispetto. Ma ammettiamo pure che tu lo sappia. In questo caso, ricorda: se tu rispetti la foresta, non c'è niente, assolutamente *niente* là dentro che possa farti del male. Credimi.» Fece un gesto, come per scostare delle ragnatele davanti a sé. «Tutto questo,» riprese «questa *plaza*, la chiesa di lamiera, la partita di calcio… tutto questo esiste solo perché la foresta lo consente. Tuo padre crede che la foresta possa essere abbattuta, respinta. Fa ancora il giro della casa con il machete ogni domenica?».

Sorrisi.

«Lo sapevo! Combatte una battaglia persa e crede di poter vincere. Pensa forse che quando lui e i suoi amici avranno abbattuto l'intera foresta ci sarà ancora un mondo in cui sia bello vivere? Che possa esserci felicità quando ovunque avremo solo polvere rossa?»

Mi rimaneva solo un sorso. Avvicinai la bottiglia alle labbra.

Lo zio mi bloccò il braccio. «Fidati della foresta» disse. «Rispettala. Non sei tu a esplorare lei, è lei che sta esplorando te.»

Finii la mia bibita.

CAPITOLO 4

E così ci tornai. In fondo sapevo che lo avrei fatto.

Non guardai, ma ero certo che nel momento stesso in cui avessi messo piede nella radura il Portiere sarebbe apparso. Camminai, con il passo più fermo che potevo, verso la porta. Forse pensavo che lì sarei stato più al sicuro. Mi voltai per fronteggiarlo. Era esattamente come lo avevo visto la prima volta: occhi invisibili e il vecchio pallone di cuoio sotto braccio. Immobile.

Anche ora rimanemmo fermi l'uno di fronte all'altro. Poi lui iniziò a muovere qualche passo verso di me. Avevo la bocca completamente secca.

Ogni istante che passava sentivo sempre più forte

la tentazione di fuggire. Stavo per farlo quando lui si fermò, a una ventina di metri di distanza. Mise la palla a terra e arretrò. In qualche modo sapevo cosa si aspettava da me, e lo feci: piegai le ginocchia, raddrizzai le spalle, allargai le braccia. Il mio tentativo di coprire lo spazio di quella porta era a dir poco maldestro. Me ne rendevo conto. In fondo io ero Cigueña, la Cicogna.

Non accadde nulla.

«Cosa stai aspettando?» Ero stupito di udire la mia voce.

Fu a quel punto che lui si mosse in quel suo modo particolare, come in una sequenza di fotogrammi confusi. Colpì il pallone con una forza spaventosa e io lo sentii passare oltre le mie spalle con un sibilo. La rete si gonfiò schioccando e la palla rimbalzò lentamente davanti ai miei piedi. Non mi ero spostato di un millimetro. Ero come congelato.

Le labbra del Portiere si mossero, poi mi giunsero le sue parole: «Cosa stavi aspettando?».

Nella testa mi turbinavano mille domande. «Chi sei? Che cosa vuoi da me?» Poi trovai la domanda giusta: «Perché mi hai portato qui?».

Allora il Portiere si avvicinò. Con uno sforzo sovrumano rimasi fermo dov'ero. Si chinò e raccolse la palla con una mano. «Per parare» disse. «Lo sai.»

«No che non lo so» obiettai. «Non sono un portiere. Non so giocare a calcio. Ho smesso ormai.»

«Sì,» continuò lui «hai smesso per iniziare a imparare. C'è molto lavoro da fare. Cominciamo».

El Gato congiunse le punte delle lunghe dita, posando le mani sul tavolo. – Due anni, Paul. Quasi ogni pomeriggio per due anni. Alla fine sapevo più o meno tutto quello che so adesso. È vero, oggi ho alle spalle quattordici anni da professionista, due in Italia, e sono più forte, e forse un po' più veloce di allora. Ma tutto quello che so, che veramente *so*, sul calcio e su come parare l'ho imparato nella foresta.

Faustino non sapeva cosa dire, il che gli capitava molto di rado. Guardò di traverso il portiere, chiedendosi se per caso tutta quella storia non fosse soltanto uno scherzo. Ma il volto di El Gato era calmo e sincero, perciò il giornalista si schiarì la voce e domandò: – E come funzionava questo... questo "programma di allenamento" nella giungla? Eravate voi due soli?

– Sì e no. Scoprii che nella foresta c'erano molti insegnanti. Ma andiamo con ordine. Quel primo giorno il Portiere cominciò col *demolirmi*. Mi annullò completamente. Mi segnò un gol dietro l'altro senza dire una parola. Semplicemente metteva la palla a terra, arretrava di uno o due passi sbiadendo leggermente, poi tornava a fuoco e tirava in rete. Io saltavo e mi torcevo tra i pali come un pesce all'amo, ma non riuscii a sfiorare la palla neanche con un dito. Gocce di sudore mi colavano sugli occhi, e ben presto si mescolarono alle lacrime. Dopo un po' non cercai neanche più di bloccare i suoi tiri e rimasi immobile tra i pali a guardarlo. Quando mi fermai io, si fermò anche lui.

«Bene» disse il Portiere. «Hai già imparato una cosa: restare fermo. Rimani lì e dimmi dove andrà il prossimo tiro.»

«Cosa?»

«Guarda me, ragazzo. Non la palla, me. E quando il mio piede la colpisce, dimmi dov'è diretta. In alto, in basso, a sinistra, a destra. Gridalo. Non muoverti, non cercare di fermarla, dimmi solo dove andrà.»

Sistemò la palla sull'erba e arretrò. Lo guardai fare due rapidi passi, e quando colpì il pallone urlai: «Alto, destra!».

La sfera si infilò nel sette alla mia destra.

«Di nuovo» ordinò il Portiere.

Gli rinviai la palla. Prima che si fermasse del tutto, abbassò leggermente la spalla destra e tirò di sinistro.

«Basso, destra!» strillai. La palla si insaccò alla mia destra, rasoterra. La raccolsi e mi voltai verso di lui.

«La cosa più difficile» disse «è sapere *in che modo* sappiamo qualcosa. Spiegami come facevi a conoscere la direzione di quei due tiri».

«Non lo so» ammisi. «Ho tirato a indovinare.»

Il Portiere mise le mani sui fianchi. «Allora passami il pallone,» disse «e vediamo quante volte indovini».

Tirò altre dieci volte. Ne azzeccai otto.

«Tu leggi i movimenti del corpo» spiegò. «Quando un giocatore colpisce la palla, fa dei movimenti che ti segnalano dove vuole mandarla. Si piega leggermente a destra o a sinistra per dare più potenza al tiro, e sposta il peso su uno o sull'altro piede. Abbassa una spalla, e quasi sempre il tiro è in linea con quella spalla. La maggior parte dei giocatori non può fare a meno di gettare un'occhiata, per una frazione di secondo, nel punto in cui vuole spedire la palla. Un calciatore destro può fare una finta, ma se solleva all'indietro il braccio destro, allora significa che sta per tirare. Tutte queste cose si possono imparare, ma saperle per istinto è un dono. E, come supponevo, tu hai questo dono.»

Fui soddisfatto di me stesso, ma solo per pochi secondi, perché subito aggiunse: «Ma il dono di per

sé non è niente. Non fa di te un portiere». Depose per terra la palla, più o meno all'altezza del dischetto del rigore. «Adesso tocca a te battermi» disse. Con i soliti movimenti sfuocati a cui cominciavo lentamente ad abituarmi, andò a piazzarsi in mezzo alla porta. Quando mi passò accanto mi ritrassi.

Non ero un gran tiratore, Paul. Come ti ho detto, ero un ragazzone scheletrico, con scarso senso dell'equilibrio. Però avevo ascoltato ciò che il Portiere mi aveva detto. Pensai di fare una finta e di colpire con l'interno destro, per piazzare la palla in basso alla sua sinistra. Non guardai né lui né il punto in cui volevo indirizzare la palla, ma tenni gli occhi fissi su quest'ultima. La colpii bene, eppure quando alzai lo sguardo la vidi nelle mani del Portiere, che non era più in mezzo alla porta ma esattamente nel punto in cui avevo mirato.

Mi lanciò il pallone. «Di nuovo» ordinò.

Stavolta non feci in tempo a calciare che il Portiere alzò il braccio destro e la palla volò nella sua mano come se io avessi mirato proprio lì.

Mi rilanciò nuovamente il pallone. «Ancora.»

Uno dopo l'altro, il Portiere calamitò tutti i miei tiri su di sé. Sembrava non fare alcuno sforzo: semplicemente si trovava sempre, con facilità disarmante, proprio nel punto in cui non volevo che fosse.

«Tu leggi i miei movimenti» dissi.

«No. Ti dico dove voglio la palla e tu obbedisci. Ascolta. Quando c'è un calcio di rigore, tutti pensano che il calciatore che lo batte abbia il controllo della situazione, ma non è così. È impaurito, perché sa che tutti si aspettano che segni. Ha molte possibilità di scelta e mentre piazza la palla e arretra per prendere la rincorsa, nella mente gli turbinano le probabilità che ha di sbagliare. Questo lo rende vulnerabile e conferisce al portiere un potere immenso.»

«Stai dicendo che un portiere può indirizzare il calcio di rigore?»

«Sì. I grandi portieri. Ma tu hai ancora molta strada da percorrere. Tanto per cominciare, non sai quello che possono fare i tuoi occhi. Torna qui domani e ti insegnerò a *vedere*.»

Il pomeriggio seguente tornai, e lui era là, in piedi, come lo avevo lasciato, la schiena rivolta al muro scuro della foresta. In attesa.

Entrai nella radura. Cominciava a non sembrarmi più una cosa tanto strana. Mi diressi verso la vecchia porta argentata, mi piazzai fra i pali e lo guardai.

«No» disse. «Vieni qua.»

Non volevo. L'idea di stargli troppo vicino mi terrorizzava. Avevo visto le sue enormi mani afferra-

re il pallone e tutti i racconti di Nana a un tratto affollarono la mia mente.

Mi fermai a qualche passo di distanza. L'ombra sul volto del Portiere era scura come sempre. Sembrava non avesse gli occhi.

«Guarda» disse. «Cosa vedi?»

Non avevo idea di che cosa volesse sentirsi rispondere. Guardai la porta: vidi la rete grigia e, dietro la rete, il verde sempre più cupo della foresta.

«Vedo la porta.»

«Guarda meglio» insistette. «Ma forse pretendo troppo. Guarda la traversa.»

Questa volta anch'io vidi qualcosa, una specie di animaletto che si muoveva lungo il legno. Da quella distanza era solo una macchia bruno-rossastra, senza contorni.

Il Portiere alzò lo sguardo al cielo. Mi sembrò di scorgere due scintille dove avrebbero dovuto esserci gli occhi. «Guarda il cielo» disse. «Cosa vedi?»

Il cielo era di un colore uniforme, simile a metallo lucente. Non era facile tenere lo sguardo fisso. Strinsi le palpebre e scorsi un falco che volteggiava ad ali spiegate, seguendo le correnti, la coda rivolta verso il basso. Minuscolo.

«Ora dimmi,» continuò il Portiere «cosa vede il falco?».

Mi feci ombra con la mano e in quel momento sentii una specie di sobbalzo, come se lo spazio intorno a me si fosse spostato. Il Portiere ripeté la domanda, ma stavolta la sua voce sembrava provenire da dentro la mia testa. *Cosa vede il falco? Guarda!*

E vidi attraverso gli occhi del falco. Sotto di me, molto più in basso, il rettangolo verde smeraldo della radura sembrava quasi un errore nella foresta infinita. Era come se stessi guardando attraverso un potente telescopio puntato su pochi centimetri di legno screpolato della traversa, mettendo a fuoco ogni più piccolo particolare. Gli occhi del falco percepirono un movimento. Un topo, forse. Un piccolo mammifero dagli occhi scintillanti, con grandi orecchie e una lunga coda. Zampettava lungo la traversa, fermandosi di quando in quando ad annusare l'aria. Percepii la sua paura, e anche qualcos'altro: c'era un legame fra il cacciatore e la sua preda. Come il filo che lega l'aquilone alla mano del bambino che lo fa volare. Nell'istante in cui me ne accorsi, il falco chiuse le ali e si tuffò a tutta velocità lungo quel filo invisibile, riaprendo le ali per interrompere la corsa nell'istante preciso in cui i suoi artigli affondavano nella preda. Poi fu di nuovo in cielo.

Abbassai la mano che mi schermava gli occhi e mi ritrovai sull'erba della radura insieme al Portiere.

«Vai in porta» disse lui, e si allontanò con la palla. Quando si voltò era a più di venti metri.

Io me ne stavo in mezzo alla porta, ancora sconvolto. Il Portiere aveva allargato i confini del mio mondo, o forse li aveva semplicemente *cancellati*. E ora, come se niente fosse, si preparava a battermi una punizione.

Fu un bel tiro. La palla aggirò sulla mia sinistra un'immaginaria barriera, poi prese un effetto verso il basso, dirigendosi nell'angolo sinistro. Ma io *sapevo* che sarebbe finita lì, riuscivo a vederne il percorso. Era come se seguisse un filo invisibile, fino alla mia mano. Mi tuffai come il falco e la raggiunsi, spingendola oltre la traversa. Le mie gambe avevano perso ogni contatto con il suolo e atterrai male, andando quasi a sbattere contro il palo.

Quando mi rialzai il Portiere era ancora lì, nel punto da cui aveva calciato.

«Bene» disse. «Ora *vedi*.»

CAPITOLO 5

El Gato si scusò e chiese di assentarsi un attimo. Il giornalista si allungò indietro sulla poltrona, considerando le varie possibilità. La prima e più ovvia era che il portiere campione del mondo fosse completamente impazzito e delirasse. Ma l'idea stessa era assurda: quell'uomo possedeva una calma e un autocontrollo leggendari.

«D'altra parte,» si disse Faustino «è tipico dei pazzi: sembrano del tutto normali finché qualcosa o qualcuno non aziona l'interruttore nascosto che li spedisce in un'altra dimensione».

Ma no... Conosceva il portiere da anni e non gli sarebbero sfuggiti eventuali segni di follia. E poi il suo tono di voce non era quello di un esaltato.

Bene, l'alternativa era che tutta quella storia della giungla fosse una finzione meticolosamente costruita. Ma a quale scopo? L'intervista sarebbe uscita con la sua firma, Paul Faustino, e quindi in gioco ci sarebbe stata la *sua* credibilità (e il *suo* lavoro). Perché El Gato avrebbe dovuto volere una cosa simile? Non diceva di essergli amico? Lui, Paul Faustino, aveva forse fatto o scritto qualcosa di cui il portiere volesse vendicarsi? Rapidamente ripercorse tutte le tappe della loro amicizia e non trovò nulla.

Perciò, esclusa la pazzia, esclusa l'ipotesi che El Gato mentisse deliberatamente... cosa rimaneva? Faustino non sapeva cosa pensare. Non gli restava che far terminare al portiere il suo racconto e poi riflettere sul da farsi. Magari chiedendo consiglio. Ma a chi? C'era qualcuno che potesse confermare quella storia folle? El Gato l'aveva raccontata a qualcun altro? Ecco, *questa* poteva essere un'idea interessante...

Sospirò. Una cosa era certa: di sicuro non se la sarebbe cavata con l'intervista di un'oretta che aveva previsto. Lo attendeva una lunga nottata.

Il portiere tornò nell'ufficio e si sedette, in silenzio, a osservare Faustino. Quando i loro occhi si incontrarono, il giornalista ebbe la sgradevole impressione che El Gato conoscesse esattamente i suoi pensieri.

Per un po' nessuno dei due aprì bocca. Infine Faustino si piegò in avanti e premette il tasto "play".

Il portiere riprese a parlare. Con lo stesso, misurato tono di voce.

– I giorni e le settimane passavano, e il mio umore era variabile come il tempo. A volte uscivo dalla foresta esaltato. Altre volte depresso, sicuro che non avrei mai imparato quello che il Portiere stava cercando di insegnarmi. Spesso mi perdevo nei miei pensieri, ripercorrendo quanto avevo fatto il pomeriggio. Allora mi estraniavo completamente dalla realtà, e la mia famiglia iniziò a preoccuparsi. Soprattutto mia madre. Quando mi chiedeva come avevo passato la giornata, le rispondevo che ero andato "in esplorazione". Provai a rassicurarla, raccontandole quello che vedevo: fiori, animali, insetti. Ma gran parte di quelle cose era inventata, perché non facevo più caso a ciò che incontravo nella giungla. I miei viaggi nella foresta ormai avevano un unico scopo: raggiungere il prima possibile la radura e il Portiere.

Mia madre tuttavia si convinse che io avessi una qualche sorta di interesse scientifico e ne parlò a mio padre. Lui non ne fu particolarmente contento, ma tagliò corto e per qualche tempo mi chiamò

"l'esploratore". «Che cosa ha scoperto l'esploratore oggi?» chiedeva quando ci mettevamo a tavola per la cena. Io allora gli parlavo di maggiolini, piante e altre cose simili.

Oggi, guardando indietro, mi stupisco che di tutto ciò mio padre sapesse poco o niente. Anzi, più che sorpreso ne sono rattristato. Passava quasi ogni giorno della sua vita a lavorare nella foresta, e della foresta conosceva soltanto una piccolissima parte. Quando raccontava del suo lavoro, erano gli uomini i protagonisti. Se parlava della foresta, lo faceva solo per descrivere le difficoltà o i successi incontrati durante il taglio. Mio padre era esperto nel calcolare il peso e il punto di equilibrio di un albero, e quindi la direzione in cui sarebbe caduto se le motoseghe lo avessero tagliato correttamente. Guardando un albero, riusciva a vedere in cosa si sarebbe trasformato: case, barche, mobili, pali del telefono, carta. Soldi.

A Faustino non sfuggì la lieve nota di amarezza che si era insinuata nella voce del calciatore. – Ma, come hai detto prima, era il suo lavoro. È senz'altro un merito che lo svolgesse bene.

– Ma sì, sì –. Nelle parole di El Gato trapelò una punta di impazienza. – Non sto dicendo che mio padre fosse un insensibile. Soltanto è triste pensare che uomini come lui, che vivevano e lavoravano nella foresta, in realtà non la conoscessero affatto. Io lo so bene, perché per un certo periodo ho lavorato con loro.

– Davvero?

– Sì, ma quello accadde *dopo*. Dobbiamo fare un passo indietro. Dunque, ero riuscito a far credere a mia madre di essere un piccolo naturalista, ma era sempre più difficile inventarsi le cose da raccontare. Il guaio di dire bugie è che devi ricordartele e ripeterle sempre uguali ogni volta per non farti scoprire.

– Per me non sarebbe un problema – ironizzò Faustino.

– Lo so bene, Paul. Tu sei un giornalista.

L'amico sorrise con aria innocente.

– Così, – proseguì El Gato – dovetti lavorare un po' su questa storia di copertura. Cominciai ad annotare cosa vedevo andando e tornando dalla radura, in modo da avere ogni sera qualcosa di nuovo da raccontare a mia madre. Portavo a casa foglie, fiori, scatole di fiammiferi con dentro maggiolini morti, pelli di serpente. Tutte cose che per me non avevano alcun valore, tanto che le abbandonavo in giro per casa. Poi, una domenica, mio padre passò il po-

meriggio a montare degli scaffali in camera mia e mia madre, con orgoglio, vi sistemò sopra tutti quei reperti. Non mi ero mai accorto che li conservasse. Quella stessa settimana andò al mercato e mi comprò tre grossi taccuini, diverse penne a sfera e una scatola di matite colorate, che ovviamente suscitarono l'invidia di mia sorella. A quel punto ero in trappola: dovevo fare sul serio. Quasi tutte le sere, dopo cena, sedevo a tavola sotto la luce della lampada, intorno a cui si affollavano nugoli di insetti, scrivendo e disegnando le cose nuove che avevo trovato. All'inizio mi pesava, perché quello che mi frullava per la testa era tutt'altro. Dopo qualche tempo, però, iniziò a piacermi. Serviva a tranquillizzare me e faceva felice mia madre, e siccome le volevo bene, anch'io ero contento.

– E cosa mi dici di tuo padre?

– Difficile rispondere, Paul. Era mia madre che comandava, perciò se lei era felice, lo era anche lui. O almeno lo fu per un po'. Il suo problema era che non capiva lo scopo di tutto ciò. Vivevamo in un paese che esisteva al solo scopo di tagliare alberi. Per mio padre era scontato che una volta finita la scuola avrei lavorato per l'azienda di taglio. Nel nostro paese i ragazzi diventavano boscaioli e le ragazze mogli di boscaioli. E una volta sposati avrebbero avuto figli e figlie che sarebbero stati boscaioli e mogli di boscaioli. Fine. Perciò mio padre non vedeva alcuna utilità nel fatto che io diventassi un esperto della foresta. Gli sembrava *innaturale*. Mia madre invece aveva una maggiore ampiezza di vedute. Già mi immaginava professore universitario

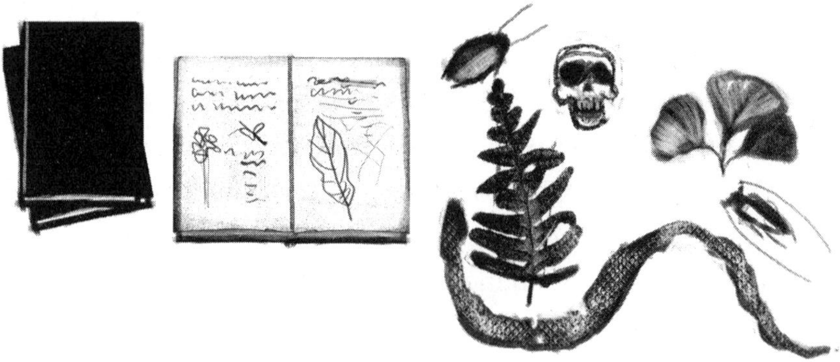

a Rio, a New York o in Europa. Però commetteva l'errore di condividere questi sogni con mio padre, che invece non ne voleva sapere. Lui era una di quelle persone che temono di vedere il ritmo regolare della loro esistenza sconvolto dall'ambizione. Perciò ogni tanto sbottava, come una pentola che bolle e poi trabocca. Allora si udivano urla e pianti.

– Tu assistevi a questi litigi? – volle sapere Faustino.

– Come ti ho detto, le pareti di casa nostra erano sottili. Mio padre non aveva previsto simili discussioni quando le aveva costruite –. Il portiere tornò alla finestra e guardò la città ai suoi piedi. – Sono pronto a scommettere – riprese – che nelle migliaia di edifici che si vedono laggiù migliaia di genitori stanno discutendo sul futuro dei loro figli. Quasi sempre, poi, i figli diventeranno qualcosa a cui loro non avevano pensato. Ciò che accadeva nella mia famiglia non era niente di speciale: mio padre e mia madre affrontavano lo stesso litigio che adesso si sta svolgendo anche laggiù, con l'unica differenza che loro si trovavano in mezzo alla giungla.

Faustino la pensava in maniera diversa: per lui l'adolescenza di El Gato non era stata propriamente "ordinaria". Ma non disse nulla.

L'omone ritornò al tavolo. – Tu ti ricordi che cosa i tuoi genitori volevano che diventassi, Paul?

– Un medico. Ovviamente sono molto delusi.

– Ma tu guadagni molto più di un medico – osservò El Gato.

– Oh, sì – replicò Faustino. – Ma non fa alcuna differenza. Per i miei genitori sono solo un medico mancato.

– Così come io, per mia madre, non sono che un naturalista mancato al quale è accaduto di vincere la Coppa del Mondo. Lei spera ancora che un giorno mi sistemi e trovi un lavoro vero.

La risata di Faustino si trasformò in un accesso di tosse.

Quando si fu calmato, El Gato riprese: – Dopo molte notti passate a discutere, i miei genitori trovarono un accordo. Mia madre fu costretta ad ammettere che per me sarebbe stato difficile proseguire gli studi. Avrei dovuto frequentare l'Advanced College a Puerto Madeiras, il capoluogo regionale, che si trovava a quattrocento chilometri dal nostro paese, oltre il fiume. Là abitava una cugina di mia madre. Si poteva chiederle di ospitarmi, ma la cosa si sarebbe rivelata in ogni caso assai costosa. Mio padre disse che l'unico modo per trovare i soldi era che io lavorassi un paio d'anni alle dipendenze dell'azienda di taglio, mettendo da parte gli stipendi per pagarmi il college. Mia madre fu d'accordo. Credo che mio padre pensasse che due anni di duro lavoro mi avrebbero messo la testa a posto. Quando ascoltavo queste discussioni attraverso la parete di cartone, provavo un profondo senso di colpa. Sapevo che non sarei andato a Puerto Madeiras per studiare da naturalista. Non ci sarei andato nonostante mia ma-

dre trascorresse ore e giorni a scrivere faticose lettere a sua cugina e al college...

Per qualche minuto El Gato rimase in silenzio.

Neanche Faustino disse nulla. Il portiere aveva intrapreso un lungo viaggio nel tempo e nello spazio, verso un passato difficile, e lui non aveva alcuna fretta di richiamarlo indietro.

Il nastro emetteva un leggero rumore metallico mentre registrava il silenzio.

Capitolo 6

El Gato riprese: – C'erano delle volte in cui lo odiavo.

Faustino era disorientato. – Chi... parli di tuo padre?

– Ma no! *No!* Sto parlando del Portiere.

Lo scatto di impazienza dell'omone fu come un fulmine a ciel sereno.

Faustino sobbalzò. – Oh, giusto – disse. – Scusami –. Aspettò che l'altro si calmasse. Era un processo interessante da osservare, come guardare dell'acqua pulita che lava via una macchia. Quando pensò che fosse pronto, Faustino provò di nuovo: – Perché lo odiavi?

– Era freddo, senza emozioni. Non sapeva cosa

fosse un complimento. Facevamo cose del tutto normali: flessioni, sollevamenti, scatti… sempre più numerosi via via che il tempo passava. Non appena raggiungevo un obiettivo, subito me ne poneva un altro, più difficile. E mentre sudavo per la fatica, improvvisamente, di solito nel momento in cui stavo per cedere, scagliava la palla nella mia direzione. Se la mancavo, avvertivo tutta la sua gelida disapprovazione. A volte scoppiavo a piangere, e lui si limitava a girarsi dall'altra parte e aspettare che mi fossi ripreso. Mi stava addestrando duramente. Ma la cosa più sconcertante era che sembrava lo facesse non per me, ma per se stesso. Per questo a volte lo odiavo.

Faustino non poté fare a meno di chiedere: – Perché allora non hai smesso?

El Gato sembrò sorpreso. – Questo pensiero non mi ha mai nemmeno sfiorato.

– Neppure una volta?

– Neppure una volta.

– Ok, continua – disse il giornalista.

– E poi… – riprese El Gato – la sua disciplina funzionava. Mi stavo irrobustendo. Non ero più un mucchietto di stecchi. Man mano che braccia, spalle e cosce si rafforzavano, i miei piedoni non sembravano più fuori luogo. Nel complesso ero soddisfatto di me stesso. Cominciai a illudermi che tra non molto anche il Portiere lo sarebbe stato. Che ingenuo… –. Si riempì un bicchiere d'acqua e bevve.

Faustino era quasi sicuro che quella pausa fosse stata creata a effetto.

El Gato riprese a raccontare.

– Un giorno arrivai nella radura e fui sorpreso di vedere il Portiere già in porta. Era un pomeriggio afoso, nel cielo si ammassavano nuvole scure che brontolavano e la luce aveva un che di innaturale. Folate di vento spazzavano la radura. Stava per scoppiare una tempesta.

Non appena misi piede sul tappeto erboso, il Portiere uscì dai pali e mi disse di prendere il suo posto. Mi sistemai in mezzo alla porta. Lui mi guardava in silenzio, il pallone sotto braccio. Oltre la sua spalla scorsi il balenio di un lampo.

Cominciavo a sentirmi a disagio, ma non sapevo cosa dire, e neppure *se* dovevo dire qualcosa. Spostavo il peso da un piede all'altro, imbarazzato.

Alla fine fu lui a parlare.

«Che cosa provi?»

«Che vuoi dire?» chiesi.

«Non mi sembra una domanda difficile. Dimmi che cosa *senti* stando lì.»

«Ecco… c'è una tempesta in arrivo» cominciai. «E mi sto chiedendo cosa vuoi farmi fare oggi. Cosa vuoi che dica.»

«No, no» mi interruppe. «Tu mi stai dicendo che cosa *pensi*, e non è quello che ti ho chiesto. Ti trovi in un posto speciale. Voglio che tu mi dica che *sensazioni* provi.»

«Non capisco.»

Mi fissò per qualche istante. «Ok» disse infine. «Voglio che tu ti metta vicino al palo alla tua destra.»

Lo feci.

«Ora mettici una mano sopra. No, guarda me, non il palo. Che cosa senti?»

L'unica cosa che sentivo era la superficie grezza del legno. Intendeva forse quello? No, pensai. Non risposi.

«Molto bene. Ora vai all'altro palo. Mettici la mano sopra. Che cosa senti?»

Ma cosa si aspettava che dicessi? Mi sembrava una presa in giro.

«È un vecchio pezzo di legno» dissi. «Anche il palo destro è un vecchio pezzo di legno. E la traversa è un altro vecchio pezzo di legno.»

Dalla sua faccia in ombra non trapelava nulla. Probabilmente percepiva la mia impazienza, ma sembrava non darle importanza.

«Quanto tempo ti ci è voluto per spostarti da un palo all'altro? Quanto velocemente riesci a coprire la distanza? Quanto è più alta la traversa della tua testa? Quando stendi in alto un braccio, quanto manca dalla punta delle tue dita alla traversa? Quanto dista la rete dalla tua schiena? Riesci a immaginare l'angolo che il tuo corpo forma con il palo destro e lo spigolo in alto a sinistra della rete? Di quanto cambierebbe quell'angolo se facessi un passo avanti? E due passi? Se tu guardassi la porta dall'alto, che forma avrebbe? Se un attaccante si trovasse nell'angolo sinistro dell'area di rigore, che forma avrebbe la porta per lui?»

Mi martellò con queste domande, pungenti come vespe.

Scoppiai in lacrime. «Non lo so» risposi urlando. «Non lo so!»

Silenzio.

Ci fu il balenio di un altro lampo, poi il brontolio delle nuvole livide.

Il Portiere non reagì al mio sfogo né ai segnali del cielo. «Se ti avessi posto le stesse domande sulla stanza in cui dormi, avresti risposto allo stesso modo?» chiese. «Non è forse vero che conosci con esattezza lo spazio e la forma di quella stanza? Che ti ci muovi con la stessa facilità al buio e alla luce?

Che nella tua testa hai un'idea molto chiara di quello spazio? E, cosa più importante, che quando ci sei dentro *percepisci* quello spazio?»

Cominciavo a capire.

«Quali sono state le prima parole che ti ho detto?» mi domandò il Portiere.

Non le avevo scordate. Per tutta una notte quelle parole avevano agitato i miei sogni. «Hai detto: *Là. Il tuo posto. Ti appartiene.*»

Annuì. «E ora ci credi?»

«Penso di sì.»

«*Pensi?*»

La domanda gli uscì spigolosa dalla bocca.

«Ne sono convinto… Sì, certo» dissi.

«Sei un portiere?»

«Sì» risposi. «Sono un portiere.»

Per quanto fossi stupito di sentirmi pronunciare quelle parole, ne ero davvero convinto. Provai un improvviso sollievo, quel tipo di sollievo che si prova quando si cede a una forza irresistibile. Quando sai che non hai altra scelta.

Il cielo brontolò.

Alzai lo sguardo, e la mia attenzione fu catturata da una ragnatela nell'angolo tra il palo e la traversa. Prima non c'era. Una mosca si dibatteva tra i fili, mentre il ragno si avvicinava rapidamente con le sue zampe tigrate, a strisce marroni e fulve. Io ero il ragno o la mosca?

Mi limitai a pensarlo, perciò rimasi di sasso quando il Portiere disse: «Tu sei il ragno. Per te la porta non sarà un luogo da proteggere. Sarà una trappola, il luogo dove caccerai le tue prede».

Un'altra scarica blu nel cielo. La tempesta era quasi sopra di noi.

«Devo essere sicuro che mi capisci» continuò il Portiere. «Non può funzionare se non sei padrone dello spazio che occupi. Devi sempre sapere *esattamente* quanto sei distante da ognuno dei due pali. Senza bisogno di guardare. Devi sapere *esattamente* cosa fare per portarti nelle zone a rischio della porta. Devi percepire come il tuo corpo si posiziona nella porta. Devi poter immaginare che aspetto ha la tua porta per l'attaccante, da qualunque direzione provenga. Se riesci a fare tua questa porta, questa rete, potrai fare tue tutte le altre.»

Il Portiere voltò leggermente la testa e il cielo fu imbiancato da quello che sembrava il flash di una gigantesca macchina fotografica. Il fulmine colpì la foresta così vicino a noi che sentii nell'aria l'odore della scarica elettrica. Quando la luce blu svanì, sembrò che fosse calata la notte. Iniziarono a cadere le prime gocce di pioggia.

Il Portiere, però, ancora non si muoveva. Forse aspettava che dicessi qualcosa, ma non mi veniva in mente niente.

Alla fine mormorò: «Oggi non c'è luce sufficiente per l'allenamento. Puoi anche andare».

Arrivai a casa fradicio e coperto di fango fino alle cosce.

Quando Nana mi vide si mise a strillare.

CAPITOLO 7

Paul Faustino gettò un'occhiata furtiva alle lancette dell'orologio.

El Gato se ne accorse. – Ti preoccupi dell'ora per andare in stampa in tempo, Paul?

– A quello ho rinunciato da un pezzo. L'articolo era previsto per l'edizione di domani, e a questo punto non riuscirei comunque a mandarlo in stampa.

– Ti faranno dei problemi? – si preoccupò il calciatore.

– Chi? La mia affascinante direttrice? Oh, mi riserverà il suo Sguardo-Che-Uccide, ma sopravvivrò. Ora come ora, è più probabile che muoia di fame. Che ne dici se ci faccio mandare su caffè e panini? O magari una pizza?

– I panini vanno benissimo.

Faustino andò al telefono a parete e compose il numero. – Ciao. Paul. Sì… Tutto bene… Sì, caffè. Un termos va benissimo. Ce la fai a rimediare qualche panino? Va bene qualsiasi cosa, purché non sia formaggio… Ottimo –. Rimase in ascolto. – Esatto. Sto parlando con lui proprio ora. Sì, sono sicuro che ti farà l'autografo… –. Rise. – Lo so che è per tuo figlio.

Più tardi, con il nastro di nuovo in movimento e una tazza di caffè nero tra le mani, Faustino provò a interrogarsi ancora una volta sulla salute mentale del suo amico. Era un argomento da prendere con le molle.

– Gato, – esordì – ti confesso che questo non è il tipo di intervista che avevo in mente.

– Mi dispiace – commentò il portiere.

– No, al contrario, sono cose sensazionali. Però, ecco… un po', come dire… *bizzarre*.

Il portiere rimase in silenzio.

– Ciò che mi colpisce – continuò Faustino – è che parli di queste… *esperienze* con assoluta tranquillità. Devi essere stato un ragazzo molto equilibrato. Se fosse successo a me, adesso sarei al manicomio.

– Beh, non so se ero equilibrato. Di certo ero terrorizzato. In quel pomeriggio di tempesta, mentre correvo verso casa, pensai che forse stavo diventando matto.

A sentire la parola “matto” pronunciata ad alta voce, Faustino sbatté le palpebre, ma rimase in silenzio.

– Fu solo più tardi, molto più tardi, che compresi cosa stava facendo il Portiere.

– E cioè?

El Gato si piegò in avanti e agitò in aria le lunghe dita, come per cercare le parole giuste.

– Mi insegnava delle tecniche, questo sì… ma non solo: mi mostrava cosa fossero la debolezza e la paura. Però in un luogo sicuro. Quella radura nella foresta era un posto fuori dal mondo, senza nessun contatto con il mondo. Capisci cosa intendo? Era un luogo dove potevo sentirmi spaventato, disperato, umiliato… ma dove non correvo pericoli. Là ero al sicuro. Potevo sbagliare e avevo la possibilità di riprovare. Così, una volta uscito allo scoperto in mezzo ai pericoli del mondo reale, sarei stato in grado di cavarmela. Lui, il Portiere, mi stava preparando a quella vita che sapeva avrei avuto.

Faustino rifletté. – Sembra quasi che tu stia descrivendo ciò che un padre dovrebbe fare per il figlio.

– Non sto criticando mio padre – sentenziò El Gato in tono duro.

– Non volevo dire questo – si schermì Faustino. – È solo che tu parli del Portiere come se avesse assunto quel ruolo. Come se avesse fatto per te quelle cose che tuo padre non poteva fare.

– È logico che mio padre non potesse fare certe cose per me. Era un boscaiolo. Partiva al mattino presto e tornava la sera tardi. Il suo compito era di mantenere la famiglia. Non tutti ci riescono. Lui sì, perfettamente.

Il portiere si era di nuovo innervosito e Faustino fece marcia indietro. Sorrise. – Verissimo, non intendevo mancare di rispetto a tuo padre, amico mio.

El Gato si distese all'indietro sulla sedia. – Non c'è problema, Paul – disse dopo una pausa. – Andiamo avanti.

– Sicuro?

– Sicuro. Il tempo è elastico. Quando stai difendendo il vantaggio di un gol contro una squadra che si butta all'attacco, due minuti di recupero possono durare un'ora. Nella radura, con il Portiere, il tempo scorreva in modo diverso. Sembrava di essere in una campana di vetro, dove il ticchettio del resto del mondo non poteva raggiungerci. Mi accadeva spesso di uscire dalla foresta e di scoprire che era passata un'ora in più o in meno rispetto a quanto pensassi. Non ero al passo con il mondo esterno. E credo che questa sensazione di trovarmi in un altro fuso orario mi venisse proprio dal Portiere. Lui era *perenne*. Non invecchiava né cambiava. In qualche modo era *fuori* dallo scorrere del tempo. Spesso sembrava anche a me di assaporare questa libertà, la libertà di vivere svincolato dalle grinfie del tempo. I mesi mi passavano accanto senza trascinarmi nel loro corso. Era solo un'illusione, ovviamente. Se ci ripenso ora, il periodo con il Portiere è trascorso incredibilmente in fretta.

A quattordici anni compiuti non avevo ormai più nulla del ragazzo magrissimo che un anno e mezzo prima si era avventurato a occhi spalancati nella radura. Ma a scuola ero ancora Cigueña. In posti come quello i soprannomi ti rimangono attaccati. Al caffè gli uomini si chiamavano ancora con i soprannomi di cinquant'anni prima. Ma non avevo più niente della cicogna. Ero più alto, più robusto e più forte di mio padre.

Dopo un anno e mezzo il Portiere iniziò a mostrarsi soddisfatto dei miei progressi. Ricordo la prima volta che usò l'espressione "portieri come noi". Come *noi*! Quasi mi sentii svenire dalla contentezza. Di solito, comunque, il massimo che mi concedeva era un cenno di approvazione. Dopo una serie

di parate da terra molto difficili, su tiri da breve distanza, commentava: «Abbastanza bene». Quell'"abbastanza" all'inizio mi colpiva come una frustata, poi mi ci abituai. Adesso sono convinto che negarmi ogni tipo di complimento facesse parte dell'allenamento. Ricordo che nella mia seconda partita con la Unita feci una parata particolarmente difficile, riuscendo a opporre il piede sinistro a un tiro deviato. Quando guardai il servizio in televisione, il commentatore la definì una "parata fortunata". A noi portieri succede in continuazione, e ne conosco qualcuno che se la prende. Ma io avevo imparato ad aspettarmelo e a sopportarlo.

Nel corso del nostro secondo anno, il Portiere spese molto tempo a insegnarmi le tecniche degli attaccanti. Lui stesso era bravo in questo ruolo: in qualche modo, da qualche parte, aveva appreso l'arte del calcio di punizione. In seguito ho incontrato attaccanti migliori di lui nell'ingannare un portiere, ma non molti. Mi fece vedere, attraverso gli occhi di un attaccante, come appariva la porta dalle diverse angolazioni, e come, a seconda dei casi, fosse più adatto un tiro o un altro. Hai presente i goniometri che si usano a scuola per misurare gli angoli? Ogni volta che ne appoggiavo uno su un foglio di carta, ci vedevo una porta dall'alto. Mentre gli altri studenti misuravano l'angolo, io pensavo a come un giocatore avrebbe colpito la palla da quel punto. Ecco perché prendevo sempre brutti voti in geometria. Ma imparai a misurare, calcolare e anticipare con gli occhi.

Lavorammo a lungo, il Portiere e io, sui calci di rigore. Non riuscii mai a segnargliene uno. O meglio, sì, una volta, ma solo perché scivolai sull'erba bagnata dalla pioggia e colpii male la palla.

Intanto a casa i miei taccuini occupavano sempre più spazio sugli scaffali, insieme ai piccoli reperti che raccoglievo nei miei viaggi nella foresta. Ero arrivato a tredici quaderni. I primi erano riempiti a caso di appunti presi alla buona, di disegni e di un po' di informazioni copiate dai libri di testo. Lentamente, però, iniziarono a diventare più organizzati: un taccuino tutto sugli alberi, un altro sugli scarabei, un altro sui frutti e gli animali che se ne cibavano. Mio padre smise di chiamarmi "l'esploratore". Adesso sia lui sia lo zio Feliciano mi chiamavano "il professore".

Lo zio Feliciano veniva a casa nostra una o due volte a settimana, quando faceva sera. Sentivamo i colpi del suo bastone e la gamba inferma che si trascinava sulla ghiaia, poi svoltava l'angolo della casa e si metteva a sedere, con difficoltà, sulla sedia ac-

canto alla mia. Chiamava sua sorella, cioè mia nonna, e chiedeva una tazza di tè. Poi estraeva gli occhiali, tenuti insieme da nastro adesivo e graffette, se li sistemava sul naso e guardava il mio lavoro. Se avevo disegnato un millepiedi, contava le sezioni del corpo e le zampe, due volte, in modo da essere sicuro. Criticava i colori che usavo nel rappresentare le piante. Gli piaceva insegnarmi i nomi locali delle cose che avevo illustrato.

«Questo maggiolino qui, noi lo chiamiamo Torero. Sai perché? Perché usa un trucco particolarmente efficace per difendersi. Ci sono molti uccelli che vogliono mangiarlo, perché è grosso e succoso. Così, quando incontra uno di questi, sputa fuori dalla testa una grossa bolla rossa e la depone accanto a sé sul terreno. Per qualche strana ragione l'uccello si avventa su quella bolla e non sul maggiolino, come accade al torero che usa la cappa rossa per attirare il toro. E il maggiolino riesce a fuggire.» Si bagnava il dito con la saliva (anche se ogni volta speravo che non lo facesse) per voltare pagina. «Ah! Ecco qua, questo ha un nome poco elegante: Sedere Puzzolente. Quando lo attaccano, si volta ed emette un puzzo terribile. Se sei abbastanza sfortunato da trovarti nei paraggi, puoi sentire il rumore che fa, come una piccola pistola: *pam-pam!*»

Difficilmente rimanevo da solo con lo zio Feliciano. Mia madre era orgogliosissima dei miei taccuini e le piaceva assistere quando lo zio li sfogliava. Provavo sempre un po' di rimorso quando lei lodava il mio lavoro e confidava a un'altra persona le sue speranze per il mio futuro. Mi ricordo però una sera in cui lo zio Feliciano e io eravamo soli intorno al tavolo sgangherato, sotto la luce nuda della lampadina. Fece scorrere fra le dita le ultime pagine che avevo compilato, ma sembrava meno interessato del solito. Chiuse il taccuino e guardò la luna.

«Sai perché ti chiamo "il professore"?» chiese.

«Perché ti piace prendermi in giro, zio» risposi.

«No. Ti chiamo "il professore" per far piacere a tua madre e per aiutarti nel tuo sotterfugio.»

All'improvviso sentii un vuoto allo stomaco. Non dissi nulla, sperando di sfuggire alla conversazione, anche se sapevo che non sarebbe stato così.

«È strano» osservò lui «che un ragazzo con delle mani così grandi sia bravo a disegnare. Tra le tue dita le matite sembrano pagliuzze nella zampa di un maiale. Eppure i tuoi disegni sono sorprendentemente ben fatti. E non sono solo le tue mani a essere cresciute. Sei diventato grande in molti sensi. La tua famiglia pensa che sia normale, io no. Non ho dimenticato la nostra conversazione mentre guarda-

vamo la partita nella *plaza*. Allora hai evitato il discorso, e ora stai cercando di fare lo stesso. I ragazzi non cambiano come sei cambiato tu soltanto disegnando fiori e insetti. Non è così che ci si formano mani forti e spalle larghe come un armadio».

Deglutii. «Non posso farci niente se ho le mani grandi, zio Feliciano. Sono fatto così.»

Lui guardava davanti a sé, senza fissare niente in particolare. Era arrabbiato con me perché non ero sincero. O almeno così pensavo. Perciò fui molto sorpreso quando allungò il braccio e posò delicatamente la sua mano sulla mia, per parlarmi con un tono che esprimeva solo tenerezza.

«Non sono per niente contrariato per il fatto che ci sono cose che non puoi dire a me o alla tua famiglia» mi rassicurò. «Le persone che non nascondono alcun segreto sono persone vuote. Ne incontro ogni giorno: questo paese, come tutti i paesi, è pieno di gente così. Ma forse ti sarà utile sapere che non sei la prima persona che ha scoperto come vivere proprio frequentando un posto pericoloso.»

Non sapevo cosa rispondere.

«Sai che cosa vuoi diventare da grande?» La voce dello zio adesso era calmissima. «Lo sai già? Ne sei sicuro?»

«Sì» risposi.

Lo zio Feliciano raccolse il mio taccuino. «Ha niente a che fare con questo?»

«No.» Pronunciare quella semplice parolina fu come sputare un osso che da tempo mi si era conficcato in gola.

Lo zio sospirò. «Non lo dirò a tua madre.» Continuava a tenere il taccuino in mano. Lo guardò per un pezzo prima di restituirmelo. «Fossi in te ne avrei comunque cura» disse. «Non si sa mai. I casi sono tanti. Un giorno potresti averne bisogno. E se li avessi persi, potresti sentirti perso anche tu.»

Capitolo 8

Il mio quindicesimo compleanno mi correva incontro come l'ombra di una nuvola scura sulla foresta. Ancora non ne avevo parlato al Portiere. Probabilmente sapeva che presto avrei terminato la scuola e sarei andato a lavorare, ponendo fine a quei pomeriggi. Ma non ne discutevamo. In fondo, anche se non lo avrei mai ammesso, speravo che lui in qualche modo potesse evitarlo. Forse era per quello che non me ne parlava mai. Forse il suo silenzio su quell'argomento era la prova che aveva un piano.

A quel punto, ero ormai padrone della porta. I miei occhi sapevano sempre dove fosse la palla e dove fosse diretta. Ero grande, forte e veloce.

Ma il Portiere non era soddisfatto.

«Quando pari, con il corpo fai soltanto *una* cosa» disse.

«E cosa c'è di sbagliato?» ribattei risentito. Quel pomeriggio avevo fatto molte parate da posizioni difficili.

«Niente in particolare» rispose. «È quello che fanno tutti i buoni portieri. Ma per te non è abbastanza.»

«Non capisco.»

Quante volte gli avevo detto quella frase?

«Un buon portiere» spiegò lui «impegna tutto il proprio corpo per fare una parata. Ogni muscolo, ogni nervo. E tu lo fai. Ma non basta».

«Perché no?»

«Perché una parata, perfino un'ottima parata, non sempre pone *fine* a qualcosa. Puoi riuscire a raggiungere una palla che sembrava impossibile, ma ciò non significa che il tuo compito sia finito. Potresti farti male, e devi sapere come evitarlo. La palla potrebbe rimanere in gioco. Perciò, mentre il tuo corpo vola in aria, già nell'attimo in cui capisci che parerai il tiro, perfino nel momento in cui ti stai congratulando con te stesso per averlo fatto, il tuo corpo deve essere pronto ad affrontare quello che accadrà dopo. In questo il pensiero non c'entra. Si tratta di un punto importante: non è il tuo cervello

a entrare in azione ma il tuo corpo, che deve sapere *da solo* che cosa fare.»

«Com'è possibile?» esclamai, sentendomi perso. «Il mio corpo sa fare solo ciò che gli ordino. Sei stato tu a insegnarmi a credere che posso fargli fare tutto quello che voglio. E adesso invece mi dici il contrario...»

Il Portiere rimase in silenzio per qualche secondo. Cominciai a sentirmi inquieto. Quei silenzi non mi erano mai piaciuti.

Infine disse: «*Istinto*. Mi dispiace non riuscire a trovare una parola più chiara. Forza, dammi la palla». La sistemò a circa trenta metri, in linea con il palo alla mia sinistra. «La situazione è questa...» esordì dandomi istruzioni. «Io sono un centrocampista avversario. Avanzando verso la porta, vedo che un difensore è fuori posizione, per cui siamo tre contro due. Faccio un bel lancio lungo, che passa sopra la testa dei miei attaccanti, i quali rincorrendolo si troveranno davanti alla tua porta. Il lancio è diretto verso il dischetto del rigore. Uno dei difensori potrebbe liberare di testa. Che cosa fai?»

Non era difficile. «I colpi di testa dei difensori sono sempre rischiosi» dissi. «Urlo per chiamare la palla ed esco.»

«Molto bene» commentò il Portiere. «Fallo.»

Eseguì il passaggio esattamente come lo aveva descritto. Sapevo che avrebbe dato un certo effetto alla palla per smorzare il rimbalzo. Uscii dai pali con un urlo, spiccai un bel salto, afferrai il pallone senza errori, me lo tirai contro il petto e atterrai rimanendo in equilibrio, spalle alla porta. Esecuzione ben riuscita, pensai. Guardai il Portiere, aspettandomi una conferma.

«Hai corso un pericolo, bloccando la palla in quel modo» mi disse.

«Davvero? E cioè?»

«Ti esponi troppo nei confronti degli attaccanti. Hai una buona velocità e un buono stacco, ma sei sempre rivolto frontalmente ai giocatori che ti vengono incontro e così rischi di farti male. E poi è più facile che tu subisca ostruzione. In una presa del genere c'è un momento di altissimo rischio: quando sei in alto, le mani sulla palla, prima di tirarla verso di te. Gli avversari vicini salteranno con le braccia in aria e, se ti fanno sbilanciare, potresti perdere il controllo del pallone, per quanto tu abbia mani forti e grandi.»

«Che cosa devo fare, allora?»

«Devi ruotare il corpo in modo da offrire agli attaccanti spalla e fianco, anziché petto e stomaco.»

«Fammi vedere.»

Ci scambiammo di posto e feci io il passaggio lungo, non bene come lui ma neppure troppo male. Partendo dalla posizione di attesa, lui uscì dalla porta come una tigre, a grandi balzi: non più di quattro, prima di spiccare il salto. Nel momento in cui toccò la palla, il suo corpo ruotò. Appena la ebbe ben salda contro il petto stava già scendendo a terra, girato di fianco, con la spalla sinistra in basso e il peso in avanti. Scontrarsi con lui non sarebbe stato piacevole: sembrava in grado di abbattere un muro. Toccò terra prima con il piede sinistro. Quando atterrò anche con il destro, era in posizione semiraccolta, la palla leggermente discosta dal corpo, in modo da essere perfettamente bilanciato per un lancio sia di mano sia di piede. Mi sembrò così facile e naturale che pensai di essermi perso qualche passaggio.

«Riproviamo?»

«Bene» concordò il Portiere, e mi lanciò la palla.

Stavolta calibrai il tiro un po' più corto, in modo che dovesse venire più avanti per afferrare la palla, ma non fece alcuna differenza: corsa e balzo da tigre, mani dietro il pallone nel momento della presa, virata in aria, discesa di spalla, atterraggio bilanciato e pronto all'azione. Stavolta mi rilanciò la palla con la mano non appena ebbe toccato terra e io la stoppai di petto.

Ci scambiammo nuovamente di posto.

Fece il passaggio lungo esattamente nello stesso punto di prima. Bloccai la palla alta, con le mani ben posizionate. La tirai a me e spostai di lato il peso del corpo, proprio come aveva fatto il Portiere. Persi subito il controllo delle gambe. Stavo ancora cercando di recuperare l'equilibrio, quando toccai terra: per non farmi male appoggiai la mano sinistra al suolo e mi gettai in avanti. Senza avere idea di dove fosse finita la palla, mi ritrovai a quattro zampe, girato nella direzione sbagliata.

Mi rialzai, pronto ad affrontare le conseguenze del mio errore.

Tutto ciò che il Portiere disse fu: «Gol».

Guardai dietro di me e vidi che il pallone si era fermato proprio nel punto in cui sarebbe venuto a trovarsi un attaccante intelligente. Sì, senza dubbio sarebbe stato gol.

«Fammi riprovare» dissi.

Accadde la stessa cosa, senza che riuscissi a capirne il motivo.

All'apparenza era così semplice, bastava girarsi in aria... Perché allora sbagliavo così clamorosamente?

«Perché prima ci *pensi*» spiegò il Portiere. «Hai ancora bisogno di *raffigurarti* ciò che farà il tuo cor-

po. Ma non ne hai il tempo. Non puoi aspettare che la testa mandi i comandi al corpo e questo li esegua, deve accadere automaticamente, per *istinto*.»

Ero scoraggiato. «Non penso di avere questo istinto.»

La reazione del Portiere fu così immediata, furibonda e diversa dal solito che rimasi a bocca aperta. «Non dirlo. Non dirlo mai! Dopo tutto questo tempo mi vieni a raccontare che mi sono sbagliato su di te? Non mi sono sbagliato! Non *posso* essermi sbagliato. Se mi sono sbagliato, allora tutti noi siamo… *bloccati*.» Distolse lo sguardo. I suoi contorni sembrarono tremolare, incrinarsi.

Tutti noi? Bloccati?

Cosa voleva dire?

Mi voltò la schiena e riacquistò consistenza. Sembrava che si mantenesse visibile per mezzo della pura forza di volontà. Capivo che c'era una battaglia in corso dentro di lui.

La sua immagine si stabilizzò. «Tu possiedi questo istinto» disse. «Io lo vedo in te, sei tu che non riesci a vederlo! Credi ancora di essere quel ragazzo goffo che è entrato in questa radura tanto tempo fa. Pensi di essere lo stesso ragazzo, che ha soltanto imparato qualcosa in più.»

Aveva ragione. Nel profondo del mio animo vi-

veva ancora quella goffa Cigueña, tutta gambe e ali impacciate.

«Non sei più quel ragazzo» continuò il Portiere. «Lui se n'è andato e tu ora sei un'altra persona.»

Si voltò e si incamminò verso il muro d'ombre della foresta.

Prima di scomparire si voltò a guardarmi e aggiunse: «Domani ti farò vedere chi sei *adesso*».

CAPITOLO 9

Entrai nella radura e subito lo vidi. Se ne stava immobile ai margini della zona illuminata dal sole, dove i raggi si frantumano tra le foglie. Quando si mosse verso di me, gli occhi mi giocarono un brutto scherzo: una parte di quel variegato sfondo di luce e ombra sembrò muoversi insieme a lui. Una chiazza maculata di luce giallastra prese consistenza e gli camminò accanto con passo felpato e ondeggiante. Il Portiere e quella cosa avanzarono tranquillamente nella mia direzione. Quel pomeriggio soffiava un vento leggero: fiutai il suo odore nell'istante stesso in cui rivolse verso di me i suoi freddi occhi gialli.

Un giaguaro.

Ne ammirai la bellezza, mentre per poco non svenivo dalla paura. Sulla sua pelliccia si raccoglieva la luce rotta della foresta: le macchie scure su un pallido sfondo dorato, disposte in cerchi come petali di rose nere. Le sue scapole quasi si toccavano, scivolando una contro l'altra mentre avanzava, poggiando con pigra determinazione sul tappeto erboso le enormi zampe. La pancia snella ondeggiava lievemente a ogni passo. La coda si piegava in una curva secca poco prima di toccare terra.

Il Portiere camminava accanto al giaguaro, tranquillo come chi porta a passeggio il proprio cane. Ma quell'animale non aveva nulla di domestico: trovandosi in uno spazio aperto che non gli era familiare, stava all'erta. I suoi occhi non mi lasciavano un secondo, il naso coglieva tutti gli odori portati dal vento.

A una quindicina di metri da me, il Portiere si fermò. Il giaguaro no. Non mutò il suo passo lento e strascicato, ma adesso si era abbassato leggermente sulle zampe e percepivo che era più teso. Iniziai a tremare.

«Non muoverti» ordinò il Portiere.

Come se avessi potuto!

Il grosso felino mi passò accanto e si arrestò un metro dietro di me. Si voltò. La brezza gli portava il mio odore. Alzò il muso e strinse gli occhi. Annusò la mia paura e sembrò soddisfatto, perché si sedette. Era abbastanza vicino da squarciarmi le gambe con una zampata. Eppure io provavo un desiderio folle di allungare un braccio e accarezzarlo sulla testa, come un qualunque gatto domestico.

«Rimani fermo» ripeté il Portiere, venendomi incontro. Il giaguaro lo guardò mentre si avvicinava, poi si alzò e trotterellò verso la parte in ombra della radura, dove si distese e cominciò a leccarsi la zampa destra.

Se il Portiere sapeva di avermi terrorizzato, non lo dette a vedere. «Ti ha riconosciuto» è tutto ciò che disse. Poi aggiunse: «Vieni».

Fui sorpreso di scoprire che riuscivo ancora a muovermi. Ci dirigemmo verso la parte del prato opposta a dove si trovava il giaguaro. Mentre camminavo sentivo il suo sguardo giallo sulla schiena. Quando ci fermammo, ricominciò a leccarsi. Sem-

brava che attirasse la luce su di sé: *ardeva*. In quel silenzio carico di aspettative, riuscivo a sentire il rumore della sua lingua sulla pelliccia.

Poi, improvvisamente, drizzò le orecchie e si immobilizzò.

«Adesso» mormorò il Portiere.

Un suono debolissimo, come uno stormire di foglie, alla nostra destra. Poi un lieve tramestio nel sottobosco. Aguzzando la vista riconobbi la testa e le spalle di un animale.

Stava entrando, timoroso, nella radura. Sapevo che cos'era, anche se non ne avevo mai visto uno. Un piccolo cervo, non più grande di un cane, dal muso aguzzo, con larghe orecchie e un collo lungo ed esile. Lo zio Feliciano li chiamava "piccoli fantasmi", perché erano di un colore chiaro e perché era difficile incontrarli. Erano timidi ed estremamente sospettosi. Soltanto una forza superiore poteva aver portato quel cervo lì, dove qualcosa di terribile lo stava aspettando. Sapevo quello che stava per succedere e mi sentivo male.

Il giaguaro si era mosso. Il corpo appiattito a terra, le orecchie basse. Solo le cosce erano sollevate, pronte a balzare in avanti. L'ombra delle foglie mimetizzava la sua pelle maculata, rendendolo quasi invisibile.

Il cervo era ormai allo scoperto. Si mosse, poi si arrestò rimanendo in ascolto, si mosse di nuovo. Le zampe anteriori erano sottili e delicate: tutta la sua forza doveva essere concentrata in quelle posteriori, che sembravano appartenere a un animale molto più grande. Alzò il muso e fiutò l'aria.

Era chiaramente nervoso: probabilmente non aveva mai visto uno spazio verde così aperto. Abbassò la testa per mordicchiare un po' d'erba, ma la rialzò di scatto. Avanzò ancora un po', sembrò percepire qualcosa e si voltò. Vedevo i suoi grandi occhi umidi, come pieni di lacrime.

Il giaguaro avanzò rapidamente lungo la linea d'ombra. Si muoveva così basso che non riuscivo a vedergli le zampe. Quando il cervo si mosse di nuovo, il giaguaro si immobilizzò, mimetizzandosi nella luce screziata sotto gli alberi. Guardai il Portiere con la coda dell'occhio. Anche lui stava osservando quella danza della morte, ma la sua faccia non tradiva alcuna emozione.

Durò cinque minuti. Ogni volta che il cervo, ansioso, si muoveva o si voltava, il giaguaro avanzava rasente al suolo. E appena il cervo sollevava la testa per fiutare il vento e scrutare le ombre, il felino si appiattiva e diventava invisibile. Intuii la sua tattica: stava cercando di intrappolare la sua preda tra sé e

la rete. Ma doveva muoversi con cautela, perché il vento avrebbe potuto portare al cervo il suo odore proprio nel momento in cui si fosse trovato nella posizione giusta.

Accadde all'improvviso. Il cervo era a venticinque metri dalla rete: la guardava, forse cercando di capire cosa fosse. Il giaguaro uscì allo scoperto dietro di lui, pancia a terra, la coda che ondeggiava a destra e a sinistra. Fece una ventina di metri, poi si raccolse, le spalle proiettate in avanti. I muscoli delle zampe posteriori si tesero come una molla: li vedevo vibrare sotto la pelle.

Al cervo ormai sarebbe bastato voltarsi per scorgerlo, ma l'odore pungente del giaguaro lo raggiunse prima. Spiccò un balzo, tutti e quattro gli zoccoli fuori dall'erba, e si avvitò in aria, con un unico frenetico movimento. Prima che toccasse di nuovo terra, il felino aveva completato il suo primo balzo e le zampe posteriori erano già tese in avanti, pronte a scattare nuovamente.

Il cervo si torse e saltò ancora, disegnando ampi archi in direzione della porta. Poi improvvisamente sembrò capire: si piegò per cambiare direzione allontanandosi dalla rete, ma ormai il giaguaro era su di lui, perché *sapeva* che la sua preda avrebbe agito così. Si preparò allo scatto finale. Vidi chiaramente cosa stava per accadere: l'arco del giaguaro e l'arco del cervo si sarebbero incontrati a mezz'aria.

Ma il cervo fece qualcosa di inaspettato. Si voltò, mentre era in aria, modificando la propria direzione. E solo per una frazione di secondo sfuggì al giaguaro.

Quello che seguì si svolse in un baleno, ma ai miei occhi trasognati sembrò avvenire al rallentatore. Il felino rimase sospeso in aria, quasi infrangendo ogni legge di gravità, e si avvolse su se stesso fino a piegarsi in due. La sua potente zampa destra scattò, quel tanto che bastava per raggiungere la preda, e i suoi artigli si infilarono nella zampa dell'animale.

Poi la legge di gravità e il normale corso del tempo tornarono a reclamare i loro diritti. Il cervo cadde su un fianco, le zampe che si agitavano freneticamente. Il giaguaro atterrò a due passi da lui.

Osservavo impietrito. Mi aspettavo di veder attaccare e squarciare, ma non accadde. Il giaguaro poggiò la sua potente zampa sul cervo che si dibatteva e, quasi con gentilezza, richiuse le fauci sulla gola dell'animale fino a soffocarlo. Poi si distese sull'erba, a riprendere fiato. Quando si rialzò, compì un giro d'ispezione intorno alla preda: per due volte la scosse con una zampa e infine l'afferrò per

il collo e la trascinò oltre la porta, nel folto della foresta.

Il Portiere continuava a tacere, così mi voltai a guardarlo.

«Allora,» dissi infine «chi sono io? Il giaguaro o il cervo?».

Voleva essere una battuta, di quelle che le persone fanno quando sono nervose.

Il Portiere non fece una piega. «Hai visto quello che volevo tu vedessi?» mi chiese.

«Credo di sì» risposi. «Ma non posso fare ciò che ha fatto il giaguaro. Io sono un uomo: per me non è possibile.»

Il Portiere si allontanò di qualche passo, poi mi fronteggiò: «Vuoi dire che è impossibile?».

Non risposi.

«Sei ancora molto giovane» riprese lui. «Cosa ne sai di ciò che è possibile o impossibile? Lascia che te lo dica: riuscirai a fare cose che adesso ti sembrano impossibili. Ti sembrano tali solo perché non riesci a immaginarle, perché non ci credi. Ma le farai, e dopo ti stupirai di aver dubitato di te stesso. Ora rispondi *tu* alla domanda. Chi sei? Il giaguaro o il cervo?»

«Il giaguaro» dissi.

Cos'altro avrei potuto rispondere?

CAPITOLO 10

Compii quindici anni due settimane prima di Pasqua e quando iniziarono le vacanze lasciai la scuola per non tornarci più.

Qualche giorno dopo la domenica santa, quando ancora i ragazzini andavano a caccia dei resti dei petardi sparati durante i fuochi d'artificio, salii con mio padre e altri uomini sul retro di un camion per andare a lavorare.

Pioveva ed eravamo tutti avvolti in mantelle nere. I trattori avevano lasciato solchi profondi nella strada e il camion slittava e sobbalzava. Sul retro era tutto un urtarsi di gomiti e ginocchia e volavano un sacco di parolacce, che mio padre cercava inutilmente di non farmi sentire.

Gli chiesi quanto tempo ci sarebbe voluto per arrivare. Non conoscevo neppure quel particolare della sua vita quotidiana...

«Con questa pioggia,» rispose «quasi un'ora». Lo disse pensando di impressionarmi. «Sai,» continuò «quando abbiamo iniziato a tagliare ci volevano appena quindici minuti, ma di anno in anno la distanza aumenta. È incredibile quanta foresta abbiamo abbattuto».

Infatti, man mano che procedevamo, la giungla iniziò a mostrare le sue cicatrici. Sui due lati della strada c'erano vaste zone senza alberi: al loro posto cresceva una sottile pellicola verde di boscaglia e rampicanti. In alto, sopra questi paesaggi spogli, il cielo grigio sembrava smisurato.

Più avanti, la foresta esibiva ferite ancora aperte. La vegetazione era stata rasa a zero e interi versanti collinari erano ridotti a fanghiglia rossa e ceppi anneriti. Qua e là affioravano dal suolo spuntoni di roccia, simili a ossa spolpate.

Io fissavo ammutolito quello spettacolo.

Arrivammo infine a quello che mio padre chiamava "il campo". Non pioveva più, ma l'aria era umida e afosa, e stava tornando il caldo. Dalla terra fradicia e dalle pozzanghere colore del tè saliva un vapore denso. Mi tolsi la mantella e balzai giù dal

camion per sgranchirmi le gambe. Guardandomi intorno, capii di trovarmi in un luogo in cui era stata combattuta una terribile battaglia. E al solo pensiero che lì avrei dovuto trascorrere il resto della mia vita, sentii un tuffo al cuore.

Il nostro camion era uno dei tanti parcheggiati al bordo di un'area coperta di ghiaia, grande più o meno come la piazza di una città. Su un lato si allungava una fila di baracche di metallo, blu o gialle, tutte smangiate dalla ruggine e contrassegnate da un numero dipinto. Davanti a ogni baracca si trovava un enorme banco da lavoro, messo insieme con tubi, legname e lamiere di acciaio, e protetto da un tetto di pesanti laminati plastici, imbullonati a un'impalcatura. Sui tavoli erano ammucchiati motori sventrati e motoseghe smontate: le braccia rotte dei macchinari. Alcuni uomini erano già al lavoro: brandendo rumorosi trapani elettrici, saldavano sotto una pioggia di scintille infuocate, curvi sui torni raffreddati da getti d'acqua sporca.

Sul lato opposto del campo erano schierati, in attesa di riparazione, immensi macchinari imbrattati di fanghiglia rossa. Molti erano equipaggiati con armi terribili: massicce lance d'acciaio luccicante, ganasce comandate da tubi di gomma, lame seghettate. Alcuni erano senza ruote, e appoggiavano i loro

mozzi gocciolanti d'olio su blocchi di legno. Sembravano i reduci di una guerra disastrosa. Uomini in tuta arancione si intrufolavano sopra e sotto i macchinari per ripararli: mi ricordarono le formiche che avevo visto nella giungla al lavoro sulle carcasse degli animali.

La foresta, qui, non c'era. O meglio, c'erano solo le sue *rovine*. Oltre il campo, in ogni direzione, si stendeva una terra desolata: ceppi sradicati, rami tagliati che marcivano in pozzanghere scure, cortecce spezzate. L'aria era affumicata dai residui dei fuochi e impregnata dell'odore di cenere e gasolio.

Mio padre e un altro uomo stavano scaricando dal camion casse di acqua minerale e grandi taniche di carburante.

«Dove sono gli alberi, papà?» chiesi.

Lui si guardò intorno, con un sorriso vuoto sulle labbra. «Quali alberi?»

«Gli alberi, papà. La foresta. Dov'è? Non ci siamo ancora arrivati?»

«Vuoi dire dove andiamo a tagliare? In quella direzione. A circa due chilometri.»

Scrutai in quella lontananza fumosa, ma tutto quello che riuscii a scorgere fu una linea bassa e frastagliata sospesa fra il grigio della foschia e il grigio del cielo.

Mio padre diede un'occhiata all'orologio. «Fra dieci minuti devo andare. Vieni a conoscere il tuo capo.»

Era riuscito a procurarmi un lavoro nell'officina ed era molto soddisfatto, perché significava che lo rispettavano. Quasi tutti i ragazzi, diceva, dovevano cominciare come "scimmie-sega", cioè aiutanti al taglio: il loro compito era di precipitarsi da una parte all'altra della foresta portando le motoseghe già avviate, perché i boscaioli non perdessero tempo ad accenderle. Le scimmie-sega, inoltre, erano sempre le prime a essere mandate dove era stato abbattuto un albero, quando tutti sapevano che era meglio aspettare un po' ad avvicinarsi... Questo perché gli inquilini dell'albero non sempre si dileguavano immediatamente nella foresta. I serpenti erano i più ostinati e spesso rimanevano nascosti vicino al tronco caduto: molte scimmie-sega venivano morse tutti i giorni. Le scimmie-sega dovevano trasportare pesanti cavi d'acciaio fino all'albero e agganciarli in modo che le ruspe potessero trascinarlo via. Era un lavoro molto pericoloso: c'era il rischio che i tronchi, soprattutto quando pioveva, scivolassero addosso ai ragazzi, schiacciandoli, oppure che i cavi si sganciassero all'improvviso colpendoli come una frusta.

Per questo mio padre era felice di avermi procurato un lavoro più sicuro al campo, e per di più con una paga più alta.

Il problema, Paul, era che ormai nella testa e nel cuore io *ero* un calciatore.

Quando mio padre arrivò a casa annunciando che mi aveva trovato quel lavoro, era molto fiero di sé, e mia madre mi abbracciò commossa. Io però non manifestai il minimo segno di riconoscenza o interesse. Sono certo che mio padre ne fu ferito, anche se non lo diede a vedere. Non chiesi neanche in che cosa consistesse il lavoro in officina.

E così il primo giorno, mentre venivo condotto attraverso il campo verso i banchi di lavoro dove si trapanava e si martellava, non avevo idea di cosa mi aspettasse.

Entrammo in una delle baracche metalliche blu. Mio padre, dopo essersi tolto il berretto, bussò a una porta sulla sinistra. Non rispose nessuno. Allora bussò di nuovo, più forte. Sentimmo delle urla avvicinarsi oltre la porta, che si aprì mostrando un uomo basso e tarchiato tutto intento a strillare dentro un radiotelefono. La testa, completamente calva, luccicava. Ci guardò appena, facendoci segno di entrare, poi si diresse a grandi passi verso una finestra aperta e si sporse per metà fuori, senza mai smettere di urlare nel telefono. Io e mio padre rimanemmo in piedi in mezzo all'ufficio, senza sapere cosa fare, fissando la schiena dell'uomo.

«Ma come pensate che ci riesca?» Il capo parlava con un accento straniero, che lo faceva sembrare ancora più arrabbiato.

Non sentimmo la risposta che giunse attraverso i sibili e il gracchiare del telefono.

«Certo che è impossibile! Sono in mezzo a una giungla isolata dal mondo.»

Il telefono sibilò e gracchiò di nuovo.

«Non mi importa quello che dice lui! Voglio qui tutta quella roba fra una settimana. Tutta, hai capito bene? E digli che se le cose non vanno come dico io… dovrà vedersela con me!»

Ancora sibili e suoni gracchianti.

Infine l'uomo si diresse alla scrivania e sbatté giù il telefono. Quando si rivolse a noi, notai con grande meraviglia che la rabbia era svanita dalla sua faccia, rimpiazzata da un largo sorriso. «Buongiorno, signori » disse come se nulla fosse accaduto.

«*Señor* Hellman,» esordì mio padre «questo è mio figlio, di cui le ho parlato. Comincia oggi».

Hellman mi si avvicinò e fece scorrere la mano sul mio braccio destro, come un contadino che esamini un animale. Per guardarmi doveva alzare la testa: ero molto più alto di lui e avrei potuto appoggiare il mento sulla sua lucida palla da biliardo.

«È bello alto» osservò. «Che cosa gli date da mangiare?»

«È un bravo ragazzo» continuò mio padre. «E le è molto grato per il lavoro in officina.»

«Sì sì, certo...» tagliò corto Hellman. Ma non sembrava crederci molto. «Cosa sa fare? Saldare? Lavori da elettricista? Da idraulico?»

«Mio figlio impara subito, *señor* Hellman. È anche robusto, come vede.»

«Sì sì, certo...» disse di nuovo l'uomo. «Sa scrivere?»

«So scrivere» risposi io, questa volta.

«Bene. Perché la prima cosa che farai è riempire questo modulo.» Prese dalla scrivania un foglio di carta gialla e me lo porse. Credo che fosse sorpreso nel vedere che leggevo senza muovere le labbra.

Da fuori giunse il suono di una sirena e mio padre sobbalzò. «Adesso deve scusarmi, *señor* Hellman. Questa è la mia chiamata.» Si voltò verso di me. Capii dal suo sguardo che avrebbe voluto dirmi molte cose, ma tutto quello che disse fu: «Ci vediamo dopo. Ascolta le raccomandazioni del *señor* Hellman».

Il capo avvicinò una sedia alla scrivania e mi dette una penna. Il radiotelefono gracchiò di nuovo. L'uomo lo sollevò, schiacciò un bottone e di nuovo si sporse per metà fuori dalla finestra e ricominciò a urlare. Riempii il modulo e lo firmai. Mi sentivo come se avessi sottoscritto la mia condanna a morte. Dato che Hellman era ancora alla finestra, ebbi il tempo di guardarmi intorno e vidi che la parete dietro di me era tappezzata di fotografie di calciatori.

Dopo che ebbe finito di telefonare, il capo mi portò fuori a un banco di lavoro e mi affidò a un meccanico di nome Estevan. Era un uomo basso, dalla pelle scurissima, più vecchio di mio padre. In alto sull'orecchio portava un anello d'oro e quando sorrideva, il che non accadeva spesso, mostrava un incisivo anch'esso d'oro. Nella mano sinistra, oltre al pollice, gli erano rimaste solo due dita.

Hellman gli disse: «Questo è il tuo nuovo ragazzo, Estevan. Mostragli cosa fai, ok? E rispondi alle sue domande, anche se ti sembrano stupide. Per iniziare puoi dargli da fare qualcosa di semplice. Suo padre dice che impara subito».

Estevan guardò me, ma parlò rivolgendosi a Hellman: «Questo è un gigante. Dovrebbe fargli trascinare gli alberi a mano. Qualcun altro di questi ragazzoni e non dovrò più perdere tempo ad aggiustare trattori…».

Hellman abbozzò una mezza risata e si diresse verso l'ufficio, ma poi ci ripensò e tornò indietro. «Ah, un'altra cosa, Estevan. Non dare a questo ragazzo neanche una goccia di quel, quel… sai di cosa parlo. Magari lui ci tiene a conservare entrambe le mani…»

Sì, pensai, mi piacerebbe proprio tenermi tutte e dieci le dita.

Quel primo giorno fu un *lungo* giorno. È difficile porre domande sensate a qualcuno, se non hai la minima idea di cosa stia facendo. Estevan era indaffarato intorno a quello che lui chiamava un "giunto", una piastra di acciaio lunga un braccio e larga una spanna, costellata di connettori metallici e manicotti di gomma. Non riuscivo a immaginare a cosa potesse servire, ma aveva un aspetto che non mi piaceva.

Quando Hellman se ne fu andato, Estevan mi tastò il braccio e io intravidi per un attimo il suo dente d'oro. Mi disse di tenere le estremità della piastra. Poi iniziò a svitare le connessioni dei manicotti con una grossa chiave inglese. Quando forzò i bulloni, la piastra diede uno strattone, ma io appoggiai i gomiti sul banco e la tenni ferma. Smontammo tutto in piccoli pezzi. Ci volle molto tempo.

«Cosa stiamo facendo?» domandai.

«È incrinata» disse lui.

«Dove?»

Estevan sospirò in modo esagerato, come se la sua pazienza fosse arrivata al limite. Mi mise davanti agli occhi la piastra smontata: c'erano dieci fori dove prima si trovavano i manicotti, e lui fece scorrere un dito sotto tre di essi. Vidi una riga, delle dimensioni di un capello.

«È grave?» chiesi.

Non rispose. Si limitò a guardarmi con aria di compatimento. Poi si mise sottobraccio la piastra difettosa e si incamminò lungo la fila dei banchi da lavoro. Pensai che fosse mio dovere seguirlo.

Il banco del fabbro era più grande degli altri e dietro erano ammucchiate lamiere e sbarre di metalli diversi. Il fabbro era un omone tutto barba e occhiali.

Quando Estevan gli diede la piastra, ci fu una conversazione animata accompagnata da un gran gesticolare, che a me sembrò un violento litigio. Tutto però finì a sorrisi, con il braccio del fabbro intorno alle spalle di Estevan.

Il meccanico mi fece un cenno e io lo seguii sul retro delle baracche, dove terminava la ghiaia e cominciavano il fango e le rovine della foresta. Estrasse dalla tasca posteriore una bottiglia piatta e bevve un sorso. Poi si accucciò all'ombra e rimase in silenzio, come una statua di cera. Non sapevo che altro fare, perciò lo imitai.

Rimanemmo seduti almeno un'ora. Io fissavo quella distesa di crateri pieni d'acqua e ceneri ardenti che una volta era la foresta. Gli unici esseri viventi rimasti erano le mosche, che dovevo continuamente scacciare dalla faccia. Mi chiedevo dove fosse finito tutto il resto.

D'improvviso mi venne in mente che quella era l'ora della giornata in cui andavo dal Portiere, e provai un dolore e una tristezza infiniti. Me lo immaginai in piedi nella radura, che scrutava tutt'intorno con i suoi occhi invisibili, in attesa. Poggiai la fronte sulle ginocchia, cercando di soffocare ogni residuo di speranza.

Estevan si alzò: una sveglia che nessun altro poteva sentire era suonata nella sua testa scura. Si stirò e si guardò intorno, quasi un po' sorpreso di trovarmi lì. «Vieni» disse. «Vediamo se quella faccia pelosa che tutti chiamano fabbro ha tagliato la nostra piastra.»

La nuova piastra d'acciaio, lucida, senza fori né crepe, ci stava aspettando. La riportammo al nostro banco e trascorremmo il resto della giornata a trapanare e mettere insieme il nuovo giunto.

Estevan lavorava con grande precisione ed estrema lentezza. In tutto quel tempo non disse più di dieci parole. Credevo di diventare matto: ero annoiato e deluso, ma cercai di rimanere concentrato pensando a mio padre. Verso la fine della giornata il meccanico mi fece usare il grande trapano elettrico che era imbullonato al tetto del nostro banco. Feci un buon lavoro. Nel passare attraverso la piastra d'acciaio il trapano produceva dei riccioli di metallo. Quando uno di questi mi graffiò la mano, facendomi uscire del sangue, Estevan mi sorrise con un cenno di approvazione, come se mi avesse appena rivelato uno dei segreti dell'universo.

Il cielo iniziava a scurirsi ed Hellman uscì dal suo ufficio, diretto al grande generatore grigio che si trovava all'estremità delle baracche. Il ritmo del motore cambiò e le lampade si accesero in tutto il

campo. Emanavano una luce accecante, che toglieva colore a ogni cosa. Sembrava che esistesse solo il campo, in mezzo a un vuoto infinito.

Il chiasso degli altri banchi da lavoro e il brontolio del generatore coprirono il rumore dei trattori che tornavano dalla foresta, perciò fui sorpreso, alzando lo sguardo, nel vedere mio padre ed Hellman che mi guardavano lavorare. La luce delle lampade si rifletteva sulla testa pelata di Hellman e accendeva i capelli ispidi di mio padre. Sul suo volto potevo leggere una montagna di domande ansiose, la speranza, il desiderio struggente di non essere deluso.

Fu Hellman a parlare. «Allora, Estevan, come va il ragazzo? Vuoi tenerlo con te o lo mandiamo a fare la scimmia-sega?»

Estevan dette uno strappo alla grossa chiave inglese e fissò l'ultimo bullone. Sebbene fingessi indifferenza, attendevo con ansia quello che avrebbe detto.

«Mi servirà. È meno inutile dell'ultimo che era qui. Lascialo con me.»

Durante il lungo viaggio di ritorno sul camion mi addormentai con la testa sulla spalla di mio padre. Doveva essere molto stanco, ma per tutto quel tempo rimase rigido, per sorreggermi.

Capitolo 11

Così la settimana passò. Estevan, quasi senza pronunciare una parola, mi insegnò a fare cose che non mi interessava saper fare. Hellman passava a dare un'occhiata di tanto in tanto. Credo che fosse contento di me, ma era difficile dirlo. Ogni giorno, quando calava l'oscurità, sul campo si accendevano le luci e io alzavo gli occhi per incontrare lo sguardo ansioso di mio padre. Poi il lungo viaggio fino a casa, dove ci attendeva la cena preparata da mia madre e da mia nonna. Mi buttavo sul piatto, mentre gli altri si facevano dei cenni l'un l'altro e sorridevano. Quando infine andavo a dormire, facevo brutti sogni: vedevo il Portiere che passeggiava su e giù per la radura. Mi aspettava.

Al sabato andammo al lavoro come al solito. A mezzogiorno, mentre dalla foresta sbucavano i boscaioli sui loro camion, trattori e carrelli, suonò una sirena. Mi misi in coda con Estevan e gli altri uomini dell'officina fuori dalla baracca di Hellman, dove un addetto ci porgeva una busta marrone attraverso la finestra. Quasi tutti la aprivano subito per contare i soldi. Io no. Lo feci solo quando mio padre mi raggiunse e mi incoraggiò ad aprirla.

Pensavo che a quel punto saremmo tornati a casa. In effetti alcuni se ne andarono, ansiosi di portare i soldi alle mogli o alle ragazze. La maggior parte, però, rimase e si mosse in direzione della zona di taglio. Non avevo mai percorso quella strada, ma mio padre mi mise un braccio intorno alle spalle e mi condusse con sé.

Scendemmo zigzagando per un sentiero tortuoso e sbucammo in una sorta di fosso quadrato, ripulito dai ceppi e da tutto il resto. Il terreno era stato spianato e alle due estremità si trovavano delle porte fatte con tubi e reticolato. Il campo di gioco era stato segnato con linee di gesso.

In questo stadio improvvisato diversi uomini stavano già tirando calci al pallone: metà indossava lacere magliette verdi, l'altra metà magliette arancione altrettanto lacere. Le divise finivano qui: come

pantaloncini molti indossavano jeans tagliati; non tutti avevano i calzini, e ai piedi c'era chi portava ancora le scarpe da lavoro, chi quelle da ginnastica, e solo uno o due autentiche scarpe da calcio.

Mi sedetti sul pendio intorno al campo insieme a mio padre, che scambiò qualche battuta con gli altri spettatori.

Una partita. Sentii un'improvvisa eccitazione.

Per un po' non accadde nulla. I giocatori delle due squadre, i Boscaioli in verde e il Campo in arancione, si limitavano a tirare calci alla palla tanto per fare. Riconobbi due dei Boscaioli: erano dei ragazzi che avevano finito la scuola e iniziato a lavorare insieme a me. Il più alto era quello che nella *plaza* stava sempre in porta dalla parte della chiesa; l'altro si chiamava Jao. Lo conoscevo bene: non era poi così bravo, ma era aggressivo e giocava sporco. Nella *plaza* lo chiamavano *El Carnicero*, il Macellaio, e lui ne andava fiero. Lo osservai. Portava una maglietta dalle maniche tagliate, jeans corti e le scarpe da lavoro. Si era rapato a zero.

Una scimmia-sega.

Dal pubblico iniziò a salire un coro di grida e fischi. Un uomo basso e tarchiato trotterellò giù per il pendio, sorprendentemente vestito con un impeccabile completo da arbitro: un orologio su ogni pol-

so, un fischietto appeso a un nastro rosso, camicia nera, pantaloncini neri con striscia bianca, calzini neri rivoltati appena sotto il ginocchio. Sembrava uscito direttamente dallo schermo televisivo per venire ad arbitrare in quel posto assurdo. La luce del sole si rifletteva sulla sua testa perfettamente lucida.

Hellman.

Raccolse uno dei due palloni e con un potente fischio comandò di allontanare l'altro. I Boscaioli si disposero in una formazione approssimativa e si apprestarono al calcio d'inizio, con il Macellaio a centrocampo, il piede sulla palla. Ma sembrava che la squadra del Campo avesse un problema: i giocatori si accalcarono attorno a Hellman, urlando e indicando la porta. Mancava il portiere.

Agii d'istinto, senza rendermene conto. Balzai in piedi e mi feci strada attraverso il pubblico urlante fino al terreno di gioco. Era come se mi muovessi nel sogno di qualcun altro. La squadra del Campo era ancora ammassata intorno a Hellman, perciò nessuno mi vide mentre prendevo posto in porta. Poi la folla iniziò a chiamare: «Arbitro! Arbitro! Portiere!».

Hellman e i giocatori si voltarono a guardarmi. Jao, il Macellaio, fu il primo a riconoscermi. Lasciò la palla e mi si avvicinò, fermandosi a una ventina di metri con le mani sui fianchi. «Cigueña!?» esclamò. «Che ci fai lì?»

Ottima domanda.

Hellman accorse per rispedire Jao nella sua metà campo, poi mi guardò e alzò le spalle, come per dire: "Beh, affari tuoi". Con atteggiamento molto professionale tornò al centro e dette il fischio d'inizio.

Mi fu chiaro fin da subito che non si trattava di una partita normale.

Hellman fischiava i falli tecnici: era molto severo sui fuorigioco e nei primi due minuti concesse due punizioni per fallo di mano, anche se i giocatori avevano colpito il pallone con la spalla, tenendo le braccia aderenti al corpo. D'altro canto, lasciava correre scontri violentissimi: dalla mia porta vidi due pugni e un calcio nel polpaccio che Hellman non fischiò.

La squadra del Campo sembrava superiore a quella dei Boscaioli, o perlomeno più fresca. Nei primi minuti di gioco non ebbi molto da fare. Rimanevo a cinque passi dalla linea di porta, cercando di osservare la partita con gli occhi del Portiere. Dovevo apparire tutto sommato tranquillo rispetto al numero uno dell'altra squadra, che continuava a spostarsi da un palo all'altro, urlando e gesticolando. Ma *dentro* non avevo la calma e l'equilibrio che ave-

vo appreso nella foresta. Perché quella non era una partita, ma una battaglia fra due tribù. Non c'erano schemi. Quando i Boscaioli conquistavano la palla e avanzavano verso la mia porta, non potevo interpretare il loro gioco, perché non l'avevano. Semplicemente ogni giocatore cercava di mettersi in mostra, facendo finte e tunnel ai giocatori avversari. Il pubblico li incoraggiava, applaudendo come se fosse a una corrida.

A un certo punto, dopo che la nostra squadra aveva mancato due occasioni da gol, i Boscaioli partirono in contropiede. Erano quattro contro tre, e tutti urlavano chiamando la palla. Il Macellaio avanzò a grandi falcate nella mia direzione, liberandosi con una gomitata del difensore che lo marcava. Dopo un paio di rozzi scambi il pallone arrivò all'ala sinistra dei Boscaioli. Era un tizio pallido con i capelli neri, che partì verso la porta a testa bassa. Jao e gli altri due Boscaioli gli urlavano di crossare, ma io avevo capito cosa voleva fare. Aveva solo un'idea in testa: segnare. Non avrebbe mai crossato. Era destro, perciò mi spostai verso la mia destra, anche se sapevo già che non sarebbe riuscito a centrare il bersaglio: abbassò un po' troppo la spalla destra e osservai il suo piede colpire la palla nel punto sbagliato. Vidi la traiettoria che avrebbe seguito la palla, e nemmeno mi mossi. Passò un metro oltre il palo alla mia destra. Il pubblico rumoreggiò come se avesse mancato di poco il gol.

Prima che potessi raccogliere il pallone, il Macellaio incollò la sua faccia sudata alla mia. Mi mostrò un ghigno di denti gialli. «Ehi, Cigueña,» disse «non ti sei neppure mosso. Non sai fare il portiere. Esci dal campo prima di farti male».

Hellman fischiava come un pazzo per indicarmi di rimettere dal fondo. Presi la palla e la sistemai sulla linea di gesso sporco a cinque metri dalla porta, poi alzai lo sguardo per studiare la posizione degli altri giocatori. Uno dei miei attaccanti veniva tranquillamente picchiato da due Boscaioli, un altro si era portato molto largo sulla sinistra per evitare guai. A centrocampo era il caos.

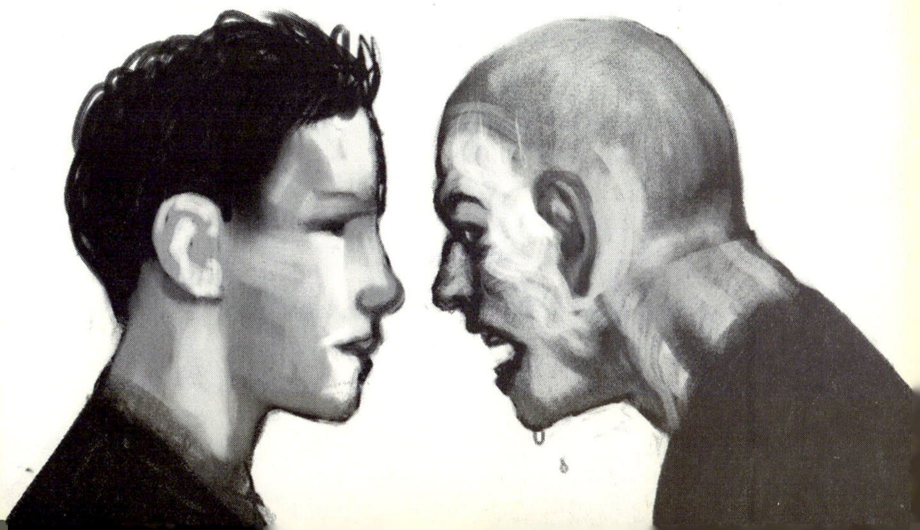

Per qualche secondo rimasi immobile. La folla fischiava e ululava.

Poi individuai il *mio* attaccante. Guardava me, ma teneva costantemente sott'occhio anche la difesa avversaria. Avrebbe potuto sfruttare un corridoio libero se fosse riuscito a superare il grosso difensore che lo marcava. Pensai che potesse batterlo in velocità. La traiettoria che avrebbe dovuto seguire mi era chiara come una strada illuminata in una notte buia. Calciai la palla perché cadesse proprio lì, dandole un po' di effetto in modo che non rimbalzasse troppo. Il mio giocatore fece una finta, poi andò sul pallone, seminando il difensore. Controllò bene con l'interno del piede: ormai non c'era più nessuno fra lui e la porta dei Boscaioli. Mi aspettavo che sbagliasse: se non hai nessuno a contrastarti, a parte il portiere, hai troppe possibilità fra cui scegliere e vai in confusione. Invece non sbagliò. Stava per essere chiuso da tre difensori, ma si concesse giusto il tempo per bilanciarsi e poi, mentre il portiere gli andava incontro, fece scivolare la palla nell'angolino, colpendola di interno sinistro.

I lavoratori del Campo esplosero in una ola improvvisata, mentre i tifosi dei Boscaioli coprivano di fischi i propri giocatori. Il loro portiere si era messo a gridare contro i difensori, il nostro attaccante era scomparso sotto gli abbracci dei compagni. Nessuno si era accorto della parte che avevo avuto nel gol. Me lo aspettavo, e mi dissi che non importava. Ma provai un certo compiacimento quando, poco prima che il gioco riprendesse, il goleador si volse verso di me e alzò le mani per applaudirmi.

Per quasi tutto il primo tempo non accadde nulla che potesse preoccuparmi. Quando attaccavano, i Boscaioli avevano ormai una sola idea: dare la palla al Macellaio. Aveva già spaccato il labbro dell'uomo che lo marcava, e gli altri difensori avevano paura a stargli troppo vicino: per questo aveva più spazio di manovra di quanto avrebbe dovuto. Ma quando la palla veniva crossata nella sua direzione, lui era così occupato a strattonare i difensori che si dimenticava completamente di me, anche perché mi riteneva un incapace. Così io non avevo nessuna difficoltà a intercettare tutte le palle alte o basse prima che lo raggiungessero.

A un certo punto il Macellaio spiccò un balzo mettendosi quasi in orizzontale con l'intenzione di effettuare un tiro spettacolare. Sentiva già l'applauso del pubblico. Con quest'idea in testa, guardava solo la palla e non si curava di me. Io uscii dai pali e intercettai il passaggio. Il Macellaio colpì a vuoto e ricadde a terra, braccia e gambe all'aria. Il pubblico

stava ancora ridendo quando io avevo già rilanciato il pallone a metà campo.

Mi ero fatto un nemico. Fu probabilmente in quel momento che il Macellaio decise che doveva vendicarsi. L'occasione gli si presentò pochi istanti prima che Hellman fischiasse la fine del primo tempo. I Boscaioli erano all'attacco sulla fascia destra e uno dei loro aggirò il nostro terzino sinistro che, nonostante la palla fosse praticamente già fuori, sgambettò l'attaccante. Hellman non solo dette la punizione, ma estrasse il cartellino rosso. Fui sorpreso quando il terzino lasciò il campo senza neppure un accenno di protesta: si limitò ad andarsene in mezzo ai fischi e alle urla. Non avevo alcuna esperienza di arbitri veri, per cui ero stupito che in quel caos Hellman avesse una tale autorità. Ma, ovviamente, fino ad allora non avevo mai avuto esperienza nemmeno di capi.

Cercai di organizzare la barriera. Mi ricordai delle parole del Portiere: lo scopo di una barriera non è fermare un tiro, ma indurre chi calcia la punizione a tirare dove vuoi tu. I miei giocatori però non lo capivano. E tanto meno allacciavano le braccia: in questo modo il Macellaio, con spintoni e gomitate, sarebbe riuscito a infilarsi nella barriera e caricarmi.

Il tiratore scelse di calciare direttamente a rete.

Diede false indicazioni di passaggio agli altri attaccanti, che ingannarono la nostra difesa ma non me: lo tradirono gli occhi, e il fatto che quando corse incontro al pallone spostò il peso per tirare. Non colpì male: basso, oltre la barriera, con un po' di effetto. Intuii la traiettoria della palla e mi lanciai a sinistra, tenendo però i piedi bene a terra, nel caso il pallone colpisse un difensore e cambiasse direzione. Non accadde. Toccai la palla con la mano destra, spingendola oltre il palo. Non fu una parata difficile, ed ebbi una frazione di tempo per alzare gli occhi. Vidi il Macellaio quasi su di me e vidi che era me che guardava, non la palla. Ero io il suo bersaglio.

Fu la prima volta in cui compresi quanto profondamente l'insegnamento del Portiere mi fosse entrato dentro. Non *ripensai* al giaguaro. Non avevo il tempo di pensare. Non *imitai* la sua maestosa agilità. In quel momento io *ero* il giaguaro. Il mio corpo, come quello dell'animale, sapeva cosa fare. Invece di lasciarmi cadere, mi avvitai con fianchi e gambe spingendomi oltre il palo. Atterrai sulle ginocchia, ma non provai dolore: vidi invece il Macellaio schiantarsi contro il palo a pochi centimetri dalla mia faccia. Il tubo di acciaio fu scosso così violentemente che, per qualche terribile secondo, temetti che Jao non si rialzasse più.

Apparve Hellman, fischiando freneticamente. Con la coda dell'occhio notai che gli spettatori si erano alzati in piedi. Hellman si inginocchiò di fianco al Macellaio svenuto e gli aprì le palpebre. Alcuni dei presenti erano scesi per dare una mano, o forse solo per curiosità. Hellman sembrò sollevato che il Macellaio fosse sopravvissuto, così si rimise in piedi e fischiò la fine del primo tempo.

Rialzandomi da terra, mi trovai faccia a faccia con Hellman.

Mi squadrò come se fossi un macchinario particolarmente complicato. «Interessante» disse.

Non ci fu un vero e proprio intervallo fra il primo e il secondo tempo. Alcuni bevevano acqua dalle bottiglie che gli porgevano gli spettatori, ma io non avevo sete.

Cambio campo. Dopo un bel po' di discussioni, i Boscaioli trovarono uno del pubblico che sostituisse il Macellaio. Dal modo con cui entrò in campo fu chiaro che non avrebbe costituito un problema.

Si ricominciava. Dall'1 a 0.

Per l'arbitro non fu facile tenere sotto controllo la seconda parte della battaglia. Seguiva molto bene la partita e non era mai lontano dalla palla, ma il pubblico aveva più potere di lui. Applaudiva gli scontri cattivi e più di una volta vidi Hellman portarsi il fi-

schietto alla bocca per segnalare un fallo e poi lasciar perdere. Di conseguenza il gioco era duro, oltre che difficile da interpretare. Più volte dovetti spazzare via la palla a causa di disperati passaggi all'indietro dei difensori. Quasi tutte le parate avvenivano in mezzo a una selva di gambe e piedi, e dovevo chiudermi a riccio sul pallone per non farmi male.

Poi Hellman concesse un rigore. Uno dei nostri difensori commise un fallo assurdo in area, atterrando un Boscaiolo che in realtà non aveva nessuna possibilità di segnare. Quello cadde in modo spettacolare, rotolandosi e rimanendo faccia a terra. Mentre dal pubblico si levava una valanga di fischi, i giocatori circondarono l'arbitro, agitando le braccia e alzando gli occhi al cielo. Sembravano tutti impazziti. Hellman riuscì ad aprirsi la strada fino alla mia porta, sempre attorniato da giocatori che protestavano.

La palla era rotolata fino ai miei piedi. La raccolsi e la deposi sul dischetto del rigore. Poi mi fermai a metà tra la porta e la palla, in attesa. Per qualche incomprensibile ragione, il mio gesto calmò tutti. I miei compagni mi fissarono come se fossi uscito di senno. Uno dei Boscaioli afferrò Hellman per le spalle e lo fece letteralmente girare, in modo che vedesse cosa avevo fatto. Lo stesso Hellman, che fino a quel momento aveva continuato a fischiare infero-

cito cercando di spingere via da sé i giocatori, mi guardò con una faccia sorpresa. La massa di gente attorno a lui si divise, permettendogli di andare fino al pallone e metterci un piede sopra. Mi lanciò un lungo sguardo. Lo avevo aiutato a togliersi dai guai, e lui lo sapeva. Mi voltò la schiena e, con braccia e fischietto, allontanò tutti. Io rimasi esattamente dov'ero, a metà fra la palla e la linea di porta.

Uno dei difensori dei Boscaioli, un nero dall'aspetto poderoso, si fece avanti per battere il rigore. Dal pubblico giunse un'ondata di fischi. Hellman venne a sistemarsi alla mia destra. Io indugiavo, cercando di richiamare alla mente tutto quanto il Portiere mi aveva insegnato sui rigori. Fra me e il battitore si sarebbe combattuta una battaglia mentale. Volevo che mi guardasse, e vedesse che era lui il più spaventato dei due. Hellman soffiò nel fischietto con tutto il fiato che aveva e mi fece segno di andare in porta. Proprio mentre arretravo, il Boscaiolo commise l'errore di incrociare il mio sguardo. Capiva anche lui cosa stava succedendo: provò a trasmettermi con gli occhi il messaggio che mi avrebbe battuto, ma vidi che in realtà stava ascoltando gli ululati della folla, e pensava quanto sarebbe stato terribile sbagliare.

Mi posizionai sulla linea di porta, lui arretrò di

sette passi dal pallone. Contai quei passi e capii che avrebbe tirato di destro. Rimase fermo finché Hellman non fischiò. In quei pochi istanti restai dritto e immobile, le mani sui fianchi, come chi aspetta qualcosa per cui non prova il minimo interesse.

Calciò esattamente come mi aspettavo. Fu bravo a fintare, ma l'istante prima di colpire spostò il peso, rivelandomi che voleva piazzare il tiro in alto a destra. Mi ricordai di quel primo giorno con il Portiere, quando lui tirava e io stavo fermo, con le lacrime agli occhi, gridando: "Basso, destra!" o "Sinistra, alto!". Proprio come allora, sapevo dov'era diretto il tiro. Mi lanciai per anticiparlo, le braccia leggermente piegate per assorbire l'impatto, le mani aperte, le gambe divaricate in aria. Ero assolutamente certo che una parte qualsiasi del mio corpo avrebbe incrociato il tiro: nella mente riuscivo a vedere tutte le sue possibili angolazioni.

Ciò che non avevo previsto era la possibilità che fosse sbagliato. Forse perché era nervoso, il giocatore tirò male. Colpì una zolla, e la palla, invece di seguire la direzione voluta, svirgolò verso il centro, proprio dove mi trovavo solo una frazione di secondo prima.

L'errore del battitore rallentò il pallone, lasciandomi ancora una possibilità. Mi contorsi e allungai la

mano sinistra, riuscendo chissà come a intercettare la palla con due dita e ad alzarla oltre la traversa. Mi sembrò di rimanere sospeso in aria per un tempo infinito, poi il tempo riaccelerò e crollai al suolo sulla schiena. L'impatto mi tolse il respiro. Il mondo tutt'intorno passò dal rosso brillante all'oscurità più completa, poi mi sentii tirare in piedi e mi ritrovai in mezzo ai compagni, sorretto, baciato, osannato. Mi divincolai e mi appoggiai al palo, cercando di riprendere fiato e di far cessare il dolore. Quando alzai la testa, vidi (o immaginai di vedere) una figura nero argentata, come un negativo fotografico, in piedi dietro la porta, che mi osservava. Scomparve subito.

Mi voltai, e trovai Hellman al mio fianco che mi scrutava.

«Puoi continuare?» chiese.

Annuii e riuscii a rispondere: «Tutto ok».

Hellman disse: «È un angolo. Sei pronto?».

Annui di nuovo. Lui corse all'indietro e fischiò.

I Boscaioli e i miei difensori si strattonavano, cercando gli uni di guadagnare spazio, gli altri di marcare più stretto. Dall'angolo arrivò una palla troppo alta e troppo lontana, che non avrei potuto prendere neppure se mi fossi sentito bene. Mi sforzavo di concentrarmi sul movimento del pallone, ma avevo la vista offuscata. Uno dei difensori rilanciò a centrocampo, dove un avversario stoppò di petto, scartò due dei nostri e, giunto a una ventina di metri, calciò un ottimo mezzo pallonetto verso la porta. Il tiro era veloce e con un certo effetto: lo bloccai per puro istinto animale. Ero troppo fiacco per seguire la traiettoria, ma mi buttai a sinistra, braccia e gambe divaricate. Il pallone mi colpì il braccio sinistro e cadde a poca distanza. Mi gettai in avanti per coprirlo con il corpo e provai l'impulso irresistibile di mettermi a dormire proprio lì, nella polvere, con le braccia attorno al pallone.

Il fischio di Hellman mi costrinse a rialzarmi. Feci rimbalzare due volte la palla, cercando di riacquistare le forze per calciarla in avanti, ma alla fine mi limitai a passarla a un uomo libero sulla destra. Fu un lancio abbastanza buono: il mio compagno lo fermò bene, scartò due avversari e raggiunse quasi la linea di fondo. Da qui crossò al giocatore che aveva segnato nel primo tempo, il quale appoggiò dolcemente la palla in rete di testa. Il portiere, convinto che l'avrebbe mancata, non si era mosso.

Cinque minuti più tardi arrivò il fischio finale.

2 a 0. I compagni mi circondarono, scompigliandomi i capelli e dandomi pacche sulle spalle. Anche uno o due dei Boscaioli, con mia sorpresa, mi strinsero la mano.

Uno era il nero che aveva tirato il rigore. «Bella partita, ragazzo» si complimentò.

«Mi dispiace» dissi stupidamente.

Ridacchiò. «Pensavo di averti battuto. Hai fatto una parata impossibile, ragazzo. Fra l'altro, ho sbagliato il tiro, te n'eri accorto?»

«Sì. Cercavi l'angolo in alto a destra. Mi sono buttato troppo presto.»

«Sei stato in gamba.»

Annuii, senza sapere cosa rispondere. Non ero abituato ai complimenti.

Ridacchiò di nuovo e si incamminò. Poi si fermò e mi guardò ancora. «Non ti avevo mai visto prima» disse. «Da dove spunti?»

«Dalla foresta» dissi io. Ero ancora un po' frastornato.

Raggiunsi mio padre. I suoi amici lo avevano circondato e lui strusciava i piedi per terra con aria imbarazzata. Era fiero di me, anche se avevo fatto perdere la sua squadra. Sorrideva e scuoteva la testa al tempo stesso. Alla fine commentò: «Hai le ginocchia tutte sbucciate. Dobbiamo disinfettarle appena arriviamo a casa. Tua madre avrà il suo bel da fare».

Tornammo verso i camion. Mentre passavamo davanti alle baracche, Hellman, ancora vestito da arbitro, si affacciò dalla porta del suo ufficio.

«Ehi, ragazzo!»

Ci fermammo. Mio padre vide che il capo era accigliato e si preoccupò.

«Sei piuttosto bravo per essere così robusto» disse Hellman. «Dove hai imparato a fare il portiere? Devi essere uno di quelli che giocano sempre nella *plaza* giù in paese, eh? Come ti chiamano?»

«Mi chiamano Cigueña, capo» risposi.

Hellman mi guardò sospettoso. «Cicogna? E perché ti chiamano così?»

Alzai le spalle perché non sapevo cosa dire. O forse perché era una lunga storia.

«Ok» concluse Hellman. «Ma voglio vederti giocare sabato prossimo, d'accordo?»

«Non lo so.»

Mio padre mi dette una gomitata nelle costole.

«Sì, signore» mormorai.

Capitolo 12

Il giorno seguente era domenica. Dopo pranzo aspettai che gli altri iniziassero la siesta per andare nella giungla.

Entrai nella radura. Guardai a sinistra, dove mi aspettavo di trovare il Portiere. Non c'era. Allora guardai a destra e lo vidi: cinque metri davanti alla porta, nell'atto di parare un rigore. Mani sui fianchi, come me il giorno prima. Atteggiamento arrogante, esattamente uguale al mio.

Era chiaro che mi stava prendendo in giro. Tante volte il Portiere mi aveva messo di fronte alla mia goffaggine, ma quell'imitazione mi entrò dentro e mi ferì come se fosse la punta del trapano di Estevan. E ben peggiore fu la sensazione che mi assalì

subito dopo. Il Portiere mi aveva fatto diventare ciò che ero, e io gli ero infinitamente grato. Però non avrei mai immaginato che potesse seguirmi. Non volevo separarmi da lui, ma l'idea che non potessi farlo era terrificante.

Lo affrontai. «Mi guardavi, non è vero?» Dovetti fare uno sforzo per continuare a parlare. «Ieri, al campo.»

La sua bocca si mosse sotto l'ombra scura degli occhi. Poi seguirono le parole: «Certo».

Ero impaurito ed ero arrabbiato, ma a lui non importava. Si voltò e andò in porta. Quando fu in posizione, mi guardò.

«E adesso?» chiesi in un tono che lasciava trasparire l'amarezza.

Il Portiere indicò la palla. «Batti un rigore.»

«Lo sai che non riesco mai a segnartene uno.»

Il Portiere si alzò in tutta la sua statura. «Non so niente di simile.»

«Non ti ho mai battuto. Sai sempre cosa penso...»

«Allora pensa a qualcosa che io non posso immaginare» ribatté. «Nascondimi i tuoi pensieri.»

Era una sfida ridicola, impossibile. Lo odiavo.

Arretrai di quattro passi dal dischetto, mentre una vocina dentro di me ripeteva: *Ti odio*. Colpii la palla: *Ti odio!*

Mirai in basso a destra. Il corpo del Portiere sembrò volersi muovere contemporaneamente in due direzioni diverse: il busto e le braccia a destra, i fianchi e le gambe a sinistra. Si sbilanciò, ma si riprese subito e allungò la mano sinistra... Troppo tardi: la palla passò oltre e si infilò in rete.

Lui si ritrovò con mano e ginocchio sinistri a terra. Lo avevo battuto.

Non mi guardò. Prese la palla, la fece girare fra le mani e rimbalzare un paio di volte, infine la bloccò. «Un buon rigore» disse. «Hai nascosto bene i tuoi pensieri, non sono riuscito a leggerli.»

Io tenevo gli occhi bassi, come se qualcosa nell'erba attirasse la mia attenzione.

«Per oggi basta così» riprese. «I tuoi ti vorranno a casa. Si sta facendo buio.»

Guardai il cielo. Il sole era ancora alto sopra la linea degli alberi.

Il lunedì mattina andammo al lavoro sotto un cielo blu. Dietro il camion si alzava una lunga nuvola di polvere rossa. Una volta al campo, mio padre mi dette una pacca sulle spalle e mi salutò. Andai verso le baracche. Estevan era già al banco, intento a guardare un foglio con le indicazioni di lavoro attaccato a una lavagna. Quando scorse la mia ombra,

alzò gli occhi e fece una cosa strana: si inchinò, piegando il braccio come fanno i servitori nei film.

«Buongiorno, El Gato» disse.

Lo guardai, credendo che volesse prendermi in giro. Forse avevo fatto qualcosa di sbagliato senza accorgermene. Rimasi in silenzio, confuso.

Estevan si raddrizzò, osservandomi preoccupato. «Qualche altro gatto ti ha mangiato la lingua, Gato? Qualcosa non va?»

«Sto bene, *señor* Estevan» risposi alla fine. «Cos'è questa storia di El Gato?»

Estevan spalancò i suoi occhi castani. «Non lo sai? Adesso ti chiamano tutti così, dopo la partita di sabato. Pensavo di avere con me uno dei soliti ragazzi che devono imparare il mestiere, e invece scopro che sei un grande portiere. Tutti qui mi dicono: "Estevan, prenditi cura di questo ragazzo. Tienigli le mani lontane dai trapani e dalle lame. Fai in modo che non si faccia male come gli altri. Lui è come un gatto, anzi è El Gato!". Fra l'altro,» continuò «c'ero anch'io alla partita. Devo ammettere che sei stato piuttosto bravo».

Per tutta la giornata ci fu un via vai di uomini che passavano dal nostro banco e mi salutavano chiamandomi El Gato. Alcuni venivano addirittura apposta.

Ecco l'origine del nome, Paul: non sono stati i giornalisti né altri giocatori ad affibbiarmelo. Me lo sono guadagnato in quel posto infernale, e da allora non mi ha più lasciato.

La seconda settimana al campo trascorse più o meno come la prima. Lavoravo quasi sempre al banco con Estevan, a meno che non dovessimo combattere contro gli ingranaggi sporchi di grasso di uno dei grandi macchinari gialli. E ogni giorno finiva allo stesso modo: il viaggio di ritorno a casa, tutto scossoni e sobbalzi, l'arrivo in paese mentre l'ultimo dei giocatori nella *plaza* se ne andava, la cena e il crollo per la stanchezza nella mia stanza afosa.

Sabato, dopo la coda per la busta paga, Estevan mi porse qualcosa avvolto in un sacchetto di plastica. Mio padre era con me.

«Coraggio, figliolo, aprilo.»

«Cos'è, *señor* Estevan?» chiesi io.

Il meccanico alzò le spalle, facendo balenare il dente d'oro. «Guarda.»

Qualcosa di soffice, nero, ripiegato. Lo aprii: era una maglietta nuova, con un grande numero 1 sul retro. Davanti, con la vernice bianca, Estevan aveva dipinto alla bell'e meglio la figura di un giaguaro che balza.

La mia prima divisa.

Non sapevo cosa dire mentre mio padre ed Estevan mi osservavano sorridendo. Poi sentii che c'era qualcuno dietro di me. Mi girai: Hellman era lì, già in tenuta da arbitro.

«Solo perché ti è stato dato il numero 1, non vuol dire che te lo meriti» disse. «Comunque indossalo. C'è una partita da giocare.»

C'erano già molti spettatori quando arrivammo al campo di terra rossa. Mentre prendevo posto tra i pali, alcuni applaudirono, mettendomi in imbarazzo.

Tremavo. Non per la folla e per quello che ci si aspettava da me, ma per lo spettatore che non potevo vedere. Che cosa avrebbe pensato vedendomi con la maglia numero 1? Andai dietro la porta, con il pretesto di controllare la rete. Era forse lì, accanto a uno dei pali, dove l'aria era più fredda e più densa? Forse.

Ma soprattutto tremavo al ricordo del nostro ultimo incontro nella foresta, quando la mia paura e il mio odio lo avevano messo in ginocchio. In quel momento ogni cosa era cambiata. Non sapevo esattamente in che modo, ma lo avvertivo, come una sensazione di freddo allo stomaco. Non ero neppure sicuro che lui fosse lì come amico. Tutto quello che potevo fare era giocare bene. E tornare nella foresta il giorno dopo.

Mi sistemai in porta ed Hellman fischiò l'inizio della partita.

Non eravamo gli stessi undici della volta precedente, ma avevamo il nostro goleador. Jao il Macellaio invece non si era ripreso: al suo posto c'era un uomo più vecchio, di statura notevole. Forse pensavano di battermi con tiri alti.

E infatti fu quello che cercarono di fare. Mi arrivarono molti cross, quasi tutti effettuati da un giocatore basso con i capelli a spazzola. Nonostante fosse destro, giocava come ala sinistra. Capii presto il motivo: era bravo ad aprirsi la strada verso il fondo e poi a crossare di esterno destro, in modo che la palla curvasse allontanandosi da me. A quel punto c'erano due possibilità: cercare di farmi strada nella selva di corpi e bloccare la palla in aria, oppure aspettare sulla linea di porta il tiro che fosse riuscito a penetrare nell'intrico di difensori e attaccanti. Non mi piaceva nessuna delle due ipotesi, e non mi piacciono nemmeno ora, perché comunque hai poco controllo su quanto accadrà. Una volta fui addirittura costretto a uscire per allontanare di pugno la palla dalla testa di quell'uomo, quello alto: il salvataggio peggiore che un portiere possa fare. Però riuscii a fermare ogni tiro diretto in porta, perfino uno deviato dalla coscia di un difensore, che mi co-

strinse a cambiare direzione all'ultimo momento. A metà tempo i Boscaioli cominciavano a presentire la sconfitta: si erano convinti che non sarebbero riusciti a segnarmi neanche un gol.

Al cambio di campo il nostro goleador, che si chiamava Augustino, mi mise un braccio intorno alle spalle.

«Vinceremo, Gato?»

«Penso di sì. Sembrano già battuti.»

Augustino rise. «Sai che fino a oggi i Boscaioli vincevano quasi sempre?» Scrollò le spalle. «All'inizio c'era anche chi scommetteva su queste partite, ma poi hanno smesso, perché si sapeva già chi avrebbe perso. Oggi però hanno ricominciato a farlo e siamo noi i favoriti.»

«Vinceremo» ripetei.

«Per merito tuo» aggiunse Augustino.

«No. Non sono io a segnare.»

«Amico mio,» riprese lui «è facile fare gol a una squadra che pensa di avere già perso. E loro lo pensano perché ci sei tu. Gli attaccanti si scoraggiano se corrono, corrono e non segnano. Tu gli hai tolto tutta l'energia. Capisci cosa voglio dire?».

«Sì,» risposi «già un'altra persona me lo ha detto».

«E ti ha detto la verità.»

Fischio. Inizio del secondo tempo.

Vincemmo 3 a 0 e Augustino segnò un gol. Non disonorai la maglia di Estevan. Anche se perse dieci dollari, mio padre si unì all'applauso quando uscii dal campo.

Ma il suo orgoglio non mi bastava più: volevo il rispetto di qualcuno più difficile da accontentare. Qualcuno che voleva qualcosa da me.

E che *attendeva*. Attendeva con la pazienza che è solo dei morti, perché loro hanno tutto il tempo che vogliono.

Si materializzò tra le ombre degli alberi nell'istante stesso in cui entrai nella radura. Lasciò andare immediatamente il pallone che aveva in mano e corse palla al piede a posizionarsi per un calcio d'angolo. Non aveva mai mostrato fretta prima di allora, perciò la cosa mi sorprese. Mi fece segno, quasi con impazienza, di mettermi in porta, e subito lasciò partire un tiro alto con effetto a rientrare, che afferrai vicino al sette sinistro. Mi fece di nuovo segno, con quella insolita frenesia, e spedì un pallone con l'effetto opposto, che non riuscii a raggiungere. Ancora un cenno, ancora un angolo. E un altro ancora. Aveva scoperto il mio punto debole. O forse mi stava solo ricordando che c'è un tipo di cross che tutti i portieri temono, lo stesso che mi aveva messo in difficoltà al campo il giorno prima. Calciò una

palla dopo l'altra: tutte arrivavano dritte fino al limite dell'area di rigore, poi svirgolavano lontano da me. Le parai senza alcun problema: uscivo velocemente di porta, bloccandole contro il petto o spingendole via.

Ma così era troppo facile, e lo sapevamo entrambi.

Si avvicinò. «Allora?» mi chiese.

«Non potrei mai farlo in partita» risposi. «Anche se chiamassi palla e i difensori me la lasciassero, gli attaccanti si limiterebbero a stare fermi chiudendomi la strada, senza bisogno di commettere fallo. Come ieri.»

«Giusto» confermò il Portiere. «E quindi?»

«Non so. Forse non c'è niente da fare.»

Il mio maestro fu preso da una strana agitazione. La sua forma si contrasse, divenendo sfuocata ai bordi, come se volesse essere lì e altrove nello stesso tempo. La cosa mi colpì: ero abituato a vederlo calmo e sicuro di sé. Lasciò cadere la palla e ci pose il piede sopra, poi si piegò e la raccolse. Voltandomi le spalle, guardò il muro buio della foresta e disse qualcosa che non capii.

Poi si voltò di nuovo verso di me. «Come posso fartelo vedere?» Nella sua voce si avvertiva una profonda preoccupazione. «Il tempo rimasto è pochissimo...»

Per la prima volta in due anni sembrava che non avesse più il controllo su di me e sullo spazio nella foresta. E neppure su se stesso.

Provai dispiacere per lui... e questa reazione mi sorprese.

È difficile trovare le parole giuste per descrivere i miei sentimenti verso di lui fino a quel momento. Terrore all'inizio. Paura, fiducia, rispetto, vergogna. Amore, quasi. Odio, talvolta. Tutti sentimenti *grandi*. E adesso invece provavo questa sensazione piccola, comune: dispiacere. Quasi nello stesso momento mi resi conto che ormai ero alto come lui e sapevo fare più o meno tutto quello che sapeva fare lui. Ero cresciuto, come cresce un bambino abbandonando giochi e sogni.

Non era una bella sensazione, così cercai di buttarla sullo scherzo: «Abbiamo bisogno di altri giocatori» dissi. «Difensori e attaccanti che mi facciano da ostacolo. Forse potresti trovare qualcun altro nella foresta...»

Mi guardò come se la considerasse una possibilità reale, come se stesse riflettendo se fare qualcosa che *poteva* fare, ma che lo spaventava.

Il sorriso mi si gelò sulla faccia. «Scherzavo» spiegai.

Lui continuava a fissarmi come se stessi parlando

in una lingua straniera, poi il suo volto tornò a fuoco e i contorni tremolanti del suo profilo si stabilizzarono.

«Non ci è rimasto molto tempo» ripeté.

Rimasi turbato nel sentirglielo dire una seconda volta. «Perché? Cosa sta per accadere?» domandai. «Te ne vai?»

«No, sei tu che te ne vai» rispose. E si allontanò verso il manto scuro della giungla.

«Per favore...» fu tutto ciò che riuscii a dire.

Si fermò, ma senza girarsi.

«Per favore» lo pregai di nuovo.

Allora si voltò e tornò indietro. Pensai che avrebbe tirato la palla e avremmo ricominciato ad allenarci.

Invece no.

Si fermò a due metri da me e disse: «Ascolta: la vita cambia. Ogni cosa cambia. L'unica cosa che rimane uguale è la morte. Tu sei cambiato, è inevitabile. Quando sei venuto qui la prima volta eri debole, solo, e non sapevi che cosa avevi *dentro*. Ora lo sai. Sei un portiere e sai cosa fare. Quindi vai e fallo».

Sembrava un addio, ma io non ero pronto. Allora cercai qualcosa da chiedergli per farlo rimanere. «Non so ancora cosa fare sui calci d'angolo con effetto a uscire.»

«Rimani sulla linea di porta» rispose. «E aspetta l'imprevedibile.»

Sorrisi. «Un altro dei tuoi indovinelli.»

«No. L'imprevedibile è l'unica cosa *certa*. È tutto quello che posso dirti. Il gioco cambia, e cambiano i giocatori. Il calcio che giocavo io non esiste più. Ora i centrocampisti segnano punizioni impossibili da metà campo, i liberi giocano come punte e i centravanti si mettono spalle alla porta per servire assist ai difensori che avanzano. Tutto è fluido, tutto cambia. In particolare tu. Ma tu in un certo senso sei fortunato: hai un posto dove stare e da difendere. La foresta te lo ha insegnato. Come lei, ti scontrerai con squadre che hanno in mente una sola cosa: abbatterti. O superarti. Quello che devi fare è fermarle, e ora sai come, perché te l'ho insegnato. È solo una porta di calcio, certo, tre pezzi di legno e una rete, ma molte persone non hanno neanche questo. Se riesci a proteggere quella, forse riuscirai a proteggere anche cose più importanti. Riesci a capire?»

No che non capivo. Ero troppo giovane e mi sembrava che qualcuno più forte di me mi stesse caricando sulle spalle un fardello che non ero in grado di reggere. Ma non mi venne in mente niente da dire.

Il Portiere si incamminò verso gli alberi.

«Aspetta!» gli urlai dietro. «Hai detto che sarei andato altrove. Dove?»

«Non posso dirtelo. Ma non perché non voglio. Perché non lo so.»

Ci fissammo attraverso la radura. Avevo paura quasi come la prima volta in cui mi ero ritrovato là, tanto tempo prima.

Poi lui si voltò e scomparve nel fitto della foresta.

CAPITOLO 13

Paul Faustino aveva intervistato centinaia di calciatori, cercando di farsi descrivere le sensazioni che si provano quando si vince o si perde una partita importante. Ma non ne cavava un ragno da un buco: i giocatori inanellavano una banalità dietro l'altra.

Con El Gato però era diverso.

Il portiere gli aveva descritto violente partite di boscaioli in un campo sperduto chissà dove, e lui era stato completamente assorbito dal racconto. Ormai non sperava più di indurre il campione a parlare della finale di Coppa del Mondo nello stesso modo in cui aveva descritto quei rozzi calci al pallone. Semplicemente El Gato aveva in mente

qualcosa di diverso: per qualche motivo aveva deciso di costruire quell'assurda fantasticheria su di sé e il Portiere.

Si disse che doveva essere paziente. Mezzanotte era passata da un pezzo, ma lui *doveva* essere paziente. C'era ancora un sacco di nastro libero nel registratore.

Il portiere aveva ripreso a parlare.

– La settimana seguente, al campo, Estevan non faceva che presentarmi a tutti quelli che passavano: «Ehi, conoscete il mio ragazzo? El Gato? Il miglior giocatore che sia mai uscito da questa giungla puzzolente. Ehi, ragazzi! Pulitevi quelle mani unte prima di stringere la sua!».

Giovedì mattina il cielo aveva una bizzarra sfumatura verde. Mentre avanzavamo verso il camion, raffiche di vento ci soffiavano in faccia aghi di pioggia. Poi a metà mattina era scoppiata la tempesta. Il vento strideva nelle fessure delle baracche di metallo, scagliando mulinelli di pioggia tra i banchi da lavoro e gli enormi macchinari gialli. Quasi tutti gli uomini si affollarono nei magazzini ad aspettare. Estevan però era testardo come un mulo e insistette per continuare a lavorare sotto la nuda luce delle lampadine che oscillavano sopra il nostro banco.

La tempesta fece fuggire anche i boscaioli dalla foresta. Mio padre ci raggiunse, la mantella cosparsa di fango rosso. Fu contento che suo figlio fosse uno dei pochi ancora al lavoro. Alzando la voce per superare il rumore della pioggia sul tetto, raccontò: «È una cosa spaventosa laggiù! Abbiamo quasi perso un trattore, uno di quelli grandi. Ha cominciato a slittare e il guidatore è saltato giù. Anch'io avrei fatto lo stesso».

Estevan fece un cenno con la testa, per mostrargli che era d'accordo senza dover interrompere il lavoro.

Mio padre continuò: «Ogni giorno mi sveglio contento che mio figlio non faccia quel lavoro. Sei ancora soddisfatto di lui, Estevan? Pensi che abbia un futuro?».

Il vecchio alzò la testa e mi lanciò uno sguardo, mettendo in mostra il suo dente d'oro. «Il ragazzo? El Gato? Oh, sì. Ha un futuro. Credo che un giorno sarà uno di quelli bravi, tuo figlio.»

Guardai mio padre. Sorrideva, spostando gli occhi in maniera interrogativa da Estevan a me e da me a Estevan.

Prima della fine della giornata la tempesta passò. Il sole tornò a bruciare nell'aria umida, seccando il fango in una crosta sottile tutto intorno a noi.

Quel sabato, mentre eravamo in coda per la paga, arrivarono al campo tre veicoli. Due erano quei camion da tre tonnellate con ruote enormi, usati per trasportare gli uomini su terreni accidentati verso le zone di taglio più lontane. Estevan li chiamava "fangobus". Questi però non erano del nostro campo, e nemmeno gli uomini che scesero, anche se molti di loro indossavano le stesse giacchette senza maniche verde brillante dei nostri boscaioli. Erano più o meno una quarantina.

Estevan mandò un ragazzo per scoprire chi fossero i nuovi arrivati.

Poco dopo quello tornò, tutto eccitato. «Sono del campo di Rio Salado, e sono qui per la partita!»

Il terzo veicolo era una grossa Mercedes nera a quattro ruote motrici, con i vetri a specchio che nascondevano l'interno, le lamiere luccicanti coperte da un velo di polvere. Parcheggiò un po' distante dai fangobus e per un minuto buono non scese nessuno. Poi si aprì la portiera dal lato del passeggero e venne fuori un uomo.

Se fosse sbarcato direttamente dalla luna non avrebbe potuto sembrare più fuori luogo. I capelli neri e i baffi grigi erano freschi di barbiere. La giacca sembrava tessuta con fili di luce, che mandavano di continuo bagliori argentei. Sotto portava una polo di seta nera e pantaloni neri infilati in stivali di pelle marrone. Aveva tutta l'aria di un turista che, per il solo gusto di cambiare, aveva deciso di visitare un luogo sconsigliato dalle guide.

Mentre lo fissavamo stupiti come se fosse un extraterrestre, si spalancò la porta di Hellman: il capo in persona scese gli scalini sconnessi, affrettandosi verso la Mercedes e stringendo energicamente la mano all'elegante sconosciuto.

In quel momento si aprì anche la portiera del guidatore e scese una donna.

Una donna! In quel posto!

Sull'intero campo scese il silenzio.

Era vestita anche lei come una turista, di quelle

pronte ad affrontare una vacanza in una giungla finta. Sembrava una di quelle attrici di Hollywood dei vecchi film di Tarzan: sahariana aderente color caffellatte, stivali allacciati, zainetto in spalla. Grandi occhiali da sole color porpora e una nuvola di capelli rosso dorati le nascondevano metà del volto. Girò intorno all'auto con passo prudente e andò a stringere la mano a Hellman. Poi il capo fece strada agli ospiti verso il suo ufficio, dove li fece entrare prima di lui, chiudendosi la porta alle spalle.

Nel campo esplose il delirio. Gli uomini abbandonarono il posto in coda per andare a salutare i boscaioli di Rio Salado e tutti avevano un commento da fare sui misteriosi ospiti di Hellman. Intanto l'uomo addetto alle buste paga urlava come un matto, cercando di far rimettere gli uomini in coda.

Stava accadendo qualcosa di insolito e avevo la preoccupante sensazione che avesse a che fare con me. O forse no. In fin dei conti Hellman mi era passato davanti senza neppure degnarmi di un'occhiata... Cercai di non pensarci. Avevo una partita da giocare, una porta da proteggere, un fantasma da convincere. Andai alla finestrella del pagamento e presi la mia paga. Quando trovai mio padre, gli diedi il denaro, poi lui si allontanò insieme agli altri per andare a vedere la partita.

Le squadre iniziarono il riscaldamento. Hellman si fece attendere più del solito, ma alla fine arrivò, portando un tappeto arrotolato. I suoi eleganti ospiti erano con lui. Si fermò quasi alla fine del declivio che conduceva al campo di gioco, disse ad alcuni uomini di stringersi per far posto al tappeto, e fece segno alla coppia della Mercedes di accomodarsi. I due si sedettero, guardandosi intorno con circospezione. Hellman entrò in campo, fischiò, alzò il braccio destro. Le squadre si posizionarono e i palloni in più furono allontanati.

E lì cominciarono i guai.

Quel pomeriggio il capitano della nostra squadra era Augustino, che si trovava già a centrocampo con il piede sulla palla, in attesa del fischio d'inizio. Hellman però fu distratto da un problema sorto in mezzo al pubblico. I tifosi del Campo si erano messi a urlare contro gli uomini di Rio Salado, indicando il terreno di gioco. In tutta risposta gli uomini di Rio Salado ridevano e facevano segno di rimettersi a sedere, sostenuti dai tifosi dei Boscaioli. Volò qualche lattina. Mentre Hellman correva verso la zona dei tafferugli, i nostri giocatori si riunirono attorno ad Augustino.

Mi avvicinai a un difensore. «Ma che cosa sta succedendo?»

«Non lo so» mi rispose. «Qualcosa a che vedere con quel tizio là... Quel tizio bianco nel cerchio di centrocampo.»

Lo osservai. Era pallido e biondo: sembrava europeo, tedesco forse, e piuttosto anziano per essere un giocatore. Aveva almeno trent'anni. Probabilmente sapeva di essere la causa di tutto quel caos, ma non sembrava preoccuparsene. Corricchiava avanti e indietro, faceva esercizi di stretching... tutto senza mai staccarmi gli occhi di dosso.

Misi una mano sulla spalla del difensore. «Fammi un favore» gli dissi. «Vai a vedere di che cosa si tratta.»

Lo guardai correre su per il campo e perdersi nella selva di calciatori che ormai aveva sotterrato Hellman. Dopo una trentina di secondi si udì un lungo fischio e vidi l'ammasso di corpi sciogliersi con riluttanza. Ora riuscivo a scorgere il capo, che si sbracciava a più non posso facendo segno ai giocatori di calmarsi e mettersi a giocare.

Mi girai verso i due sconosciuti seduti sul tappeto: sembravano tranquilli, come se stesse succedendo proprio ciò che si aspettavano.

La donna prendeva appunti su un taccuino. L'uomo si era tolto la giacca, piegandola e appoggiandola con cura accanto a sé. Mi guardava con attenzione.

Il difensore tornò trotterellando.

«Allora?»

«Quel tizio pallido» esordì. «Si tratta di lui. È del campo di Rio Salado e gioca con i Boscaioli. Augustino e gli altri stanno protestando perché non è di qui. Hellman dice che non importa: è un boscaiolo, e uno vale l'altro.»

«Ma chi è?» insistetti, mentre fissavo quello strano giocatore, che mi fissava a sua volta.

Il difensore alzò le spalle. «Lo chiamano El Ladrón.»

Capitolo 14

El Gato alzò gli occhi su Faustino. – Ti dice niente questo nome, El Ladrón?

Il giornalista si mise le mani dietro la testa e guardò il soffitto. Gli piaceva questo genere di cose, la verifica delle conoscenze inutili. Era un appassionato di quiz televisivi. – Fammi pensare… Mi ricordo di tre giocatori chiamati Ladrón. Uno era spagnolo, giocava nel Real, mi pare. Poi c'era un certo Roberto qualcosa…, messicano.

– Siamo a due – osservò El Gato. – E il terzo?

– Già. L'altro era di origini svedesi, lui o i suoi genitori… –. Si diede dei colpetti sulla tempia, come per mettere in moto la memoria. Ed evidentemente ci riuscì, perché dopo l'ennesimo colpetto esclamò:

– Larsson! Si chiamava così. Ha giocato anni fa nello Sporting Club. Un centravanti vecchio stampo, segnava gol di rapina. Non l'ho mai visto giocare di persona. Mi sembra che fosse stato selezionato per la nazionale, poi accadde qualcosa e scomparve dalle scene. Un incidente, se non ricordo male...

– Ma non a lui – precisò El Gato. – Quasi uccise un portiere durante una partita di coppa, dopodiché nessuno volle più averci a che fare. Fu trasferito in una squadra di serie B del Nord.

– Ed era Larsson il misterioso giocatore al campo? Che cosa ci faceva lì?

El Gato sorrise.

– Evidentemente aveva smesso con il calcio professionistico e si era messo a lavorare per la stessa azienda di suo padre. Al campo di Rio Salado era subito diventato una star. I Boscaioli lo avevano portato fin lì perché ci pensasse lui a darmi una lezione. O almeno, questo era quello che pensavamo tutti... specialmente i nostri tifosi, che erano furiosi. Augustino corse verso di me, portandosi un indice all'occhio e indicando con l'altra mano Larsson, come per dire: "Occhio a quel tipo".

Se però il pubblico si aspettava fuochi d'artificio, rimase deluso. Nel primo tempo i nostri attaccanti

sembravano ipnotizzati e arretravano continuamente: non volevano perdersi la battaglia fra me ed El Ladrón. Augustino era fuori di sé, perché ogni volta che conquistava la palla doveva fermarsi per aspettare rinforzi.

Così i Boscaioli potevano fare il loro gioco, e io dovetti intervenire molto più spesso che nelle partite precedenti. Larsson poi mi rendeva la vita difficile. Era quello che si dice un giocatore da spazi stretti, molto veloce sulle distanze brevi, dieci-quindici metri. Il suo soprannome gli calzava a pennello: creava confusione e poi "rubava" i gol su palle apparentemente innocue. Non evitava mai i contrasti: ci passava attraverso come se fosse lui a cercarli. Era sempre fra me e la palla, e io ero costretto ad aggirarlo o a saltare più in alto di lui. Se mi tuffavo su un tiro basso mi ritrovavo i suoi piedi vicino alla faccia. Nei calci d'angolo non cercava di liberarsi, ma si intrufolava in mezzo ai difensori per sconvolgere le marcature. Subiva continuamente calci, spinte, trattenute, senza mai cadere o reagire: sembrava quasi non accorgersene. L'unica cosa che gli importava era intralciarmi.

Era il primo giocatore professionista che incontravo e mi stavo battendo per essere alla sua altezza.

Dovevo difendere la porta in modo completamente diverso. Il gioco si svolgeva tutto nella nostra metà campo: eravamo sempre in difesa e quindi non aveva senso cercare di leggere gli schemi o lanciare contropiedi. Feci innumerevoli parate di riflesso su tiri da breve distanza di Larsson e su palle deviate e sbucciate. Passai quasi tutti i primi quarantacinque minuti a terra, e il resto a spostarmi tra i pali come un ragno che tesse la sua ragnatela. Ma soprattutto ero spaventato. La sensazione che aleggiava fra i tifosi e i giocatori aveva contagiato anche me: mi aspettavo da un momento all'altro che El Ladrón mi facesse male.

Quando Hellman fischiò l'intervallo, io ero a terra che cercavo di chiudermi il più possibile a riccio intorno al pallone, perché Larsson mi era sopra. Ma, a gioco fermo, lui mi prese per un braccio e mi aiutò ad alzarmi. Ci trovammo faccia a faccia e con mia grande sorpresa, mi strizzò l'occhio. Poi si voltò e trotterellò fino a centrocampo per raggiungere il resto della squadra.

Solo allora mi accorsi che Larsson non aveva causato nemmeno una punizione: mi era stato addosso tutto il tempo, ma senza commettere un solo fallo. Che cosa stava facendo? Aspettava solo il momento giusto? Aveva precise istruzioni di farmi fuori nel secondo tempo? Era quello che voleva dirmi con quella strizzatina d'occhio?

«Non mi hai preparato a questo» dissi ad alta voce.

Forse mi aspettavo una risposta del Portiere. Ma non ci fu.

Augustino fece una sonora lavata di capo alla squadra e nel secondo tempo giocammo con molta più grinta. Nel primo quarto d'ora Larsson vide poco la palla, ma scattava tenendo occupati i difensori, rincorreva il pallone, mi veniva incontro... Per essere "vecchio" aveva un sacco di energie. Poi Hellman concesse una punizione ai Boscaioli appena fuori dall'area di rigore, un po' spostata sulla mia destra. A furia di urlare, riuscii a posizionare bene la barriera. Ma i giocatori non allacciarono le braccia e, senza che potessi fare nulla per evitarlo, vidi che Larsson si insinuava da dietro. L'ultimo difensore fu spinto via e mi coprì la visuale proprio nel momento in cui partiva il tiro. Immaginai che la palla avrebbe aggirato la barriera diretta nel sette alla mia sinistra, perciò mi lanciai per bloccarla. Avevo indovinato, ma un difensore fece un eroico tentativo per respingere la palla di testa e ne deviò la traiettoria verso destra. Ero ormai battuto, ma in qualche modo riuscii a rimanere in aria quel tanto che bastava per alzare la palla oltre la traversa, con una disperata torsione del braccio. Mi schiantai a

terra, senza capire se il boato della folla fosse reale o dentro la mia testa. Qualcuno mi aiutò a rialzarmi. Era Larsson.

Mi guardò attentamente, sorridendo e inclinando un poco la testa di lato, come a chiedermi se fosse tutto a posto. Quel gesto cambiò il mio atteggiamento nei suoi confronti. Non era lì per farmi del male. Larsson era un tipo a posto.

E invece mi ero sbagliato. Quel gesto premuroso era solo una tattica per farmi abbassare la guardia: nell'ultimo quarto della partita, El Ladrón mi sgomitò, mi scalciò, mi tirò per la maglia, mi si appoggiò addosso. Persi il filo del gioco: mi preoccupavo di lui, solo di lui, di dove fosse e di cosa avrebbe fatto. Mi stava sfuggendo anche il controllo della porta…

Arrivò un cross dalla sinistra, che avrei intercettato facilmente se Larsson non mi fosse montato sui piedi, facendomi cadere a terra. Hellman non fischiò il fallo e la palla fortunatamente uscì. Mi rialzai, e a quel punto esplosi.

Urlai chiamando Hellman, ma lui si fermò a centrocampo, facendomi segno di tacere e di rinviare. Allora mi diressi a grandi passi verso Larsson, che se ne stava fermo al limite dell'area. Ero come avvolto da una nebbia rossa, in mezzo alla quale vedevo solo la sua melliflua faccia inespressiva, che sembrava fatta apposta per attirare i miei pugni.

Fu in quell'istante che il Portiere mi parlò. Una voce chiara, calma, che proveniva da non so dove alle mie spalle, parlò direttamente dentro la mia testa. Non ricordo le parole, e forse non ne usò. Ma la sua voce e la sua presenza smorzarono il fuoco che mi ardeva dentro e mi snebbiarono la vista.

Mi voltai. Ero sicuro che lo avrei visto dietro la rete, il volto in ombra, a braccia conserte, invisibile. Ma scorsi solo un boscaiolo che era uscito dal pubblico per rilanciarmi la palla. Dagli spettatori ora proveniva un rumore assordante, simile a un'onda che minacciava di travolgermi. Tornai sulla linea di porta e mi tenni al palo per un secondo, aspettando che si regolarizzasse il respiro. La rabbia che mi aveva invaso si trasformò in qualcosa di sempre più piccolo e bollente, qualcosa che potevo estrarre e gettare via. Mi avventai sulla palla e rinviai: un lancio lunghissimo che si portò via il mio furore. Mi sentii invadere da una meravigliosa calma fredda. Avevo vinto. Avevo ripreso il controllo. Larsson ora non poteva farmi nulla.

E invece no. Mi superò proprio negli ultimi minuti della partita. Dopo avermi atterrato, era rimasto fuori dall'area, senza neppure darsi la pena di corre-

re o di smarcarsi. Sembrava stanco: una volta o due si piegò appoggiando le mani sulle ginocchia come se fosse a corto di fiato. Poi si spostò dal centro alla fascia destra, quasi a dichiarare che non aveva più nulla da dare. A quel punto commisi l'errore di rilassarmi. Uno dei Boscaioli fece partire dalla sinistra un cross sbilenco, che passò sopra le teste degli attaccanti e rimbalzò nella mia direzione. Con tutta calma feci un passo in avanti e aspettai la palla. Proprio in quel momento Larsson, il Ladro, uscì dal nulla e si riguadagnò il suo soprannome. Sopraggiunse come un fulmine da sinistra, superò un esterrefatto terzino, intercettò la palla con il petto e la deviò nell'angolino in basso alla mia destra. Un gol alla Maradona, un gol fatto dal nulla. Mi coprii il volto con le mani, poi, quando un rombo simile a quello dell'oceano mi travolse, mi tappai le orecchie.

Tornando a casa, mio padre mi mise una mano intorno alle spalle. Lui e gli altri parlarono a lungo della grande parata che avevo compiuto sulla punizione deviata, ma per me significava poco. Per la prima volta avevo assaporato la sconfitta, e aveva un sapore amaro.

Capitolo 15

Più tardi, me ne stavo seduto con mio padre e mia sorella al tavolo davanti casa, mentre mia madre e mia nonna preparavano la cena del sabato sera. Il profumo del pollo lesso con peperoni dolci e peperoncino si spargeva nel crepuscolo. Mia sorella era impegnata ad acconciare i capelli della sua bambola nei modi più stravaganti, mio padre leggeva un settimanale. Io ripercorrevo con la mente la partita, mentre osservavo una luna pienissima che spuntava dagli alberi. Dalla foresta giungeva il gracidare delle rane, come migliaia di lontani squilli di telefono.

L'improvviso rumore di un'automobile ci fece alzare gli occhi: a quell'ora non c'era mai traffico in

strada. Vedemmo i fari passare oltre casa nostra, poi le luci dei freni lampeggiarono e il motore si fermò. Il veicolo fece inversione, l'albero del pepe e l'angolo della casa furono illuminati per un breve istante e subito ripiombarono nell'oscurità. Le gomme stridettero sulla ghiaia, le portiere sbatterono.

Mio padre si alzò e girò l'angolo della casa per andare a vedere di cosa si trattava. Riapparve quasi subito, gesticolando freneticamente e facendoci segno di alzarci. Con mia grande sorpresa riconobbi la persona che sbucò subito dietro di lui: era la donna di quel pomeriggio, che sopra la sahariana indossava ora una giacca di pelle lucida. Poi apparve l'uomo elegante con i baffi e infine Hellman, con i jeans firmati e un maglione. All'inizio non riconobbi la quarta persona: la larga felpa grigia con il cappuccio lo faceva sembrare un monaco. Ma non appena fu sotto la luce, intravidi la sua faccia pallida e sorridente con gli occhi grigi: Larsson.

Rimasi a bocca aperta.

Mio padre si precipitò dentro, mettendomi ancora più in imbarazzo, perché dovetti fare io gli onori di casa. Mia sorella si era messa il dito in bocca e fissava gli ospiti come se non fossero lì ma in televisione.

Riuscii a mormorare: «*Señor* Hellman, lei e i suoi ospiti siete i benvenuti in questa casa».

Hellman sorrise. «Grazie, Gato.»

Era la prima volta che mi chiamava così. Cosa stava succedendo?

Mio padre ritornò portando un vassoio con quattro bicchieri e una bottiglia del liquore che noi bevevamo soltanto a Natale. Ne versò un po' e lo servì. La donna invece chiese dell'acqua. Mio padre si esibì in un elaborato gesto di scusa e tornò in casa. Un altro silenzio imbarazzato. L'uomo con i baffi bevve un sorso di liquore, finché mio padre riapparve con un bicchiere d'acqua e lo appoggiò davanti alla donna. Nello stesso istante tutti e quattro gli ospiti si alzarono, perché mia madre era uscita di casa. La situazione stava diventando ridicola: era tutto un alzarsi e risedersi senza dirsi una parola. La mamma si accomodò su una sedia appoggiata al muro. Gli ospiti si rimisero comodi e bevvero, o fecero finta.

Finalmente Hellman si rivolse a mio padre, parlandogli con il massimo rispetto. «*Señor*,» iniziò «mi permetta di presentarle la *señora* Da Silva. Suo marito è Gilberto Da Silva, il presidente del DSJ. E quest'altro signore» fece un gesto verso l'uomo con i baffi «è Milton Acuna, il direttore sportivo del DSJ».

Sapevo, come tutti i ragazzi in paese, che DSJ stava per Deportivo San Juan. Foto della squadra erano appiccicate un po' dovunque nel caffè. Aveva-

mo esultato alle sue vittorie e pianto alle sue sconfitte: praticamente era la squadra locale, dato che San Juan era a soli cinquecento chilometri. Ora che era seduta di fronte a me, senza i grandi occhiali da sole, riconobbi Flora Da Silva. Suo marito era il proprietario del DSJ, ma aveva comprato la squadra con i soldi della moglie, ed era lei a comandare. Quando il DSJ giocava, era su di lei che le telecamere indugiavano se era seduta in tribuna d'onore. Ero ipnotizzato.

– Una donna davvero bella – commentò Faustino sorridendo. – Sono rimasto ipnotizzato da lei anch'io una volta o due.

El Gato sorrise a sua volta.

– Lo credo bene. Ma non era lei a tenermi inchiodato sulla sedia in quel momento. Era il grande Milton Acuna. Sulle pareti del caffè c'erano un sacco di sue fotografie sbiadite: un capellone con l'aria da teppista, che sembrava più una rockstar americana che un calciatore. Uno dei migliori attaccanti che abbiano mai giocato nel nostro paese: cinquantotto gol in settantadue partite, vent'anni prima. Aveva dato il nome a un dopobarba e a una linea di abbigliamento. E ora eccolo lì, al nostro tavolo, che mi guardava, mentre io cercavo inutilmente di trovare un senso a quanto stava accadendo.

Poi Hellman si voltò verso di me, indicando Larsson: «Lui lo conosci già. Oggi lo chiamavano El Ladrón, e infatti ti ha segnato un gol di rapina. Non sono stati i Boscaioli a chiedergli di giocare per loro, l'ho fatto io. È stato un favore personale: gli ho chiesto di scoprire se eri fatto per sfondare».

Larsson si piegò sopra il tavolo. Mi afferrò una mano e la strinse, fissandomi con i suoi pallidi occhi europei: «Il mio amico mi ha chiesto di metterti sotto pressione, e mi ha sorpreso vedere quanto tu sia rimasto freddo. Hai fatto anche un paio di parate impossibili. Ero quasi riuscito a farti esplodere di rabbia verso la fine, quando ti ho commesso fallo, ma in qualche modo sei riuscito a controllarti. Sei forse il miglior portiere contro cui abbia mai giocato. Sai perché siamo qui, non è vero?»

Allora parlò la *señora* Da Silva, rivolgendosi a mio padre: «Vogliamo mettere sotto contratto suo figlio, signore. Hellman ha chiamato Milton dicendo che c'era qualcuno che dovevamo vedere. Abbiamo affrontato un lungo viaggio, ma ne è valsa la pena. Suo figlio è un portiere. Ho un contratto nella borsa e ho anche un libretto degli assegni. Appena lei firmerà a nome di suo figlio, io compilerò un

assegno da diecimila dollari, intestato a lei, ovviamente, poiché suo figlio, essendo minorenne, non può sottoscrivere nessun accordo legale». Estrasse dalla sua lussuosa borsa le carte e le depose sul nostro misero tavolino. «Il contratto è per due anni. Se suo figlio non si dimostra all'altezza, alla fine del biennio non verrà rinnovato. In ogni caso, continueremo a pagargli uno stipendio di trecento dollari a settimana finché fa parte del DSJ. Sono previsti premi partita molto buoni nel caso in cui dovesse giocare in prima o in seconda squadra. Pagati extra, si capisce. Ha qualche domanda?»

Seguì un silenzio carico di aspettative. Mi sembrò che perfino il coro delle rane fosse cessato. Come puoi facilmente immaginare, Paul, non riuscivo a crederci. Poi, mentre iniziavo ad afferrare il vero significato delle parole della *señora* Da Silva, mi sentii invadere da una gioia immensa. Il Portiere ce l'aveva fatta, pensai. Mi aveva salvato. Aveva fatto in modo che accadesse.

Non osavo guardare in volto mio padre, perché avevo paura di quello che avrei visto. Poi qualcuno parlò e mi ci volle un po' per riconoscere la voce di mia madre.

«Mi perdoni, signora,» disse «ma lei parla di mio figlio come se fosse un oggetto che si può comprare al mercato. Non è così. Mio marito mi dice che mio figlio è una specie di genio del calcio. Io non ne so niente e per la verità trovo difficile crederlo, perché non l'ho mai visto giocare come gli altri ragazzi. Inoltre non lavorerà per sempre al campo di taglio: lui vuole diventare uno scienziato, forse un biologo, e noi lo aiuteremo. Ama la foresta e ne conosce già tanti segreti. Spero che vorrà scusarmi, signora, ma per quanto mi riguarda questa faccenda del calcio non ha niente a che fare con noi».

Era come se la *señora* Da Silva avesse sentito parlare una statua. Per alcuni istanti guardò incredula mia madre, gli angoli delle labbra leggermente increspati, poi si voltò verso Hellman. La domanda che aveva sul volto non aveva bisogno di essere espressa a parole.

Hellman sembrava a disagio. «Il ragazzo» intervenne «ha trascorso molto tempo nel folto della foresta, *señora*. Almeno, così mi ha raccontato suo padre. Non so dire come tutto questo abbia potuto farlo diventare un grande portiere. Come le ho già raccontato al telefono, qui accadono cose che io non comprendo».

La signora Da Silva scosse la testa, come per scacciare delle mosche. Poi parlò, ma si rivolse a mio padre, non a mia madre. «Sono un po' confusa.

Il signor Hellman ci ha parlato di un ragazzo, apparso dal nulla, che era un portiere nato. Adesso invece salta fuori che sarà una specie di biologo.»

Solo a quel punto mio padre si decise a prendere la parola. «La prego di scusare mia moglie, signora» esordì. «Lei ha delle ambizioni per nostro figlio. Un'istruzione superiore. Per quanto mi riguarda, non so. Fra un anno o due, forse...» Perse il filo del discorso. Forse sentiva gli occhi di mia madre che lo trapassavano. Poi riuscì a continuare. «Mio figlio è un meccanico promettente. Non è vero, signor Hellman? Essere meccanico è una bella cosa, signora. Un lavoro vero. Questa cosa del calcio è...» Ancora una volta gli mancarono le parole.

La signora Da Silva era chiaramente irritata. «Per essere sinceri, mio marito non è particolarmente interessato a meccanici o biologi, e neppure io. Non ho fatto tutta questa strada insieme al signor Acuna per incontrare qualcuno che mi riparasse l'auto o mi spiegasse le abitudini delle lucertole.»

Un altro silenzio, pieno di disagio. Io fissavo il piano del tavolino.

La signora Da Silva si appoggiò allo schienale e batté una delle sue curatissime unghie sulle carte di fronte a lei. «Si tratta dei soldi? I termini del contratto sono decisamente vantaggiosi, considerando che suo figlio ha solo quindici anni.» Alzò le spalle. «Ma c'è spazio per un po' di trattativa.»

Mio padre ne fu mortificato. «No, no, signora,» si affrettò a precisare «non si tratta dei soldi. Quelli sono… senz'altro…». La voce gli morì in gola.

La signora Da Silva gettò un'occhiata a Hellman. Lui doveva averle detto qual era lo stipendio di mio padre e lei doveva aver calcolato quanti anni gli ci sarebbero voluti per mettere via diecimila dollari.

Milton Acuna allora parlò per la prima volta. «Signore,» disse con molta calma «capisco che tutto ciò vi abbia colto alla sprovvista. Forse lei e sua moglie avete bisogno di un po' di tempo per discuterne da soli».

Flora Da Silva lo fulminò con un'occhiata. Acuna le mise una mano sul polso per rassicurarla. Mio padre si voltò a guardare mia madre; lei annuì, mio padre si alzò.

«È una buona idea» disse. «Se allora volete scusarci, entriamo un attimo in casa.»

I miei genitori si stavano già dirigendo verso la porta, quando Acuna li fermò. «Mi scusi, signora.»

Si era rivolto direttamente a mia madre. «Signora, forse lei ha ragione. Forse suo figlio non è un portiere. Magari adesso lo sembra, ma tra due anni… chissà? Quella del calcio professionistico non è una stra-

da facile, nonostante quello che dice la televisione: il DSJ ogni anno mette sotto contratto venti giovani e la maggior parte di loro non ce la fa. Tra due anni suo figlio potrebbe tornare a casa perché ha scoperto che il suo futuro non è nel calcio. Ma lei avrà comunque diecimila dollari, e so che ha già fatto i conti di quanto le costerà mandarlo al college...»

Guardai mia madre. Capii subito che le parole di Acuna avevano toccato un punto sensibile: me lo disse il modo in cui lei annuì, guardandolo negli occhi invece di limitarsi a girare le spalle ed entrare in casa. Mio padre invece sembrava perso, come un generale le cui truppe abbiano disertato. Entrarono in casa.

La signora Da Silva bevve un po' d'acqua, poi mi guardò negli occhi per la prima volta. Mi fece un sorriso, uno di quelli che probabilmente aveva provato davanti allo specchio. Faceva un ottimo effetto. «Per essere un giovanotto così pieno di talento, sei decisamente silenzioso» disse. «Ma capisco che per te sia una situazione difficile. Sembra che i tuoi genitori abbiano progetti diversi per il tuo futuro. Mi piacerebbe però sapere cosa ne pensi tu.»

Cosa ne pensavo? Che il mio mondo improvvisamente si era allargato a dismisura, che non stavo più nella pelle, che era il Portiere a dare spiegazioni di solito, non io? Però dovevo dire qualcosa.

«Sono molto contento che lei abbia fatto questo lungo viaggio per vedermi giocare, signora.»

Una risposta penosa.

Con un gesto di noncuranza lei si appoggiò all'indietro, tamburellando con le unghie sul tavolo. Ma subito si piegò in avanti e continuò: «Che cosa sei? Uno scienziato, una specie di esperto della foresta? Sei un meccanico? O sei un portiere? Coraggio, i tuoi genitori sono dentro... Rispondi sinceramente».

Fissai lo sguardo su una formica che sopra il tavolo combatteva con una goccia di liquore. Era difficile dire se stesse cercando di portarsi via il liquido zuccherino oppure di liberarsi dalla vischiosità che le aveva intrappolato le zampe.

Poi Larsson spazzò via la formica con un dito. «Amico mio, tu non sei indeciso» disse. «Tu conosci la risposta... e non può essere che una.»

«Credo di essere un portiere» risposi.

La signora Da Silva inarcò le sue curatissime sopracciglia. «Credi? *Credi* e basta?»

«Sono un portiere» mi corressi. «Non c'è altra risposta.»

«Ti ho guardato oggi e hai ragione» concordò Acuna. «Non hai scelta: sei un portiere, almeno per adesso. È difficile immaginare che ci sia qualcosa che ti riesce meglio.»

I miei genitori uscirono. Mia madre tornò ad appoggiarsi contro il muro, mio padre si sistemò sulla sedia di fronte alla signora Da Silva. La sua faccia tradiva l'angoscia. Non riuscì a parlare subito. «Signora, ho discusso con mia moglie e lei è dell'opinione che dovrei firmare quel contratto. Non perché voglia che nostro figlio faccia il calciatore, questo deve essere chiaro. D'altra parte è già stato detto cosa lei desideri per lui. Si tratta solo di soldi, nient'altro... in fondo tutto si riduce sempre e solo a questo.»

La signora Da Silva considerò con serietà le parole di mio padre, annuendo leggermente. Poi dalla tasca interna della giacca estrasse una penna d'argento dalla forma affusolata e la pose, insieme al contratto, davanti a mio padre. Lui, invece di prenderla, appoggiò i gomiti sul tavolo e si passò le mani nei capelli crespi, che iniziavano a diradarsi.

«Mi dispiace,» disse «ma per me è davvero difficile... Mio figlio ha un buon lavoro, ed è bravo. Lo dicono tutti, anche Estevan. Che cos'è il calcio in confronto? È vero, il sabato se la cava bene in porta. Ma è il mio unico figlio maschio. Come faccio a dire: "Eccolo, portatevelo via a San Juan"? Non abbiamo il telefono, nulla... Come faremmo senza di lui? Non riesco neppure a immaginarlo. Quando lo

rivedremmo? E a San Juan chi si occuperà di lui? Perdonatemi, signore, signora... Tutto è così… inaspettato. In questo momento non posso firmare. Ho bisogno di tempo».

È difficile spiegare come mi sentissi. Ero orgoglioso di mio padre. Il coraggio non era una delle sue doti naturali, eppure se ne stava lì, seduto, solo contro tutti… a raccontare forse per la prima volta quanto mi volesse bene e desiderasse tenermi con sé. D'altra parte fremevo d'impazienza. Volevo con tutto me stesso che la smettesse di parlare e firmasse il contratto. Mi si era aperta una porta per iniziare una nuova vita, e lui me ne impediva l'accesso. Gli volevo bene e lo odiavo al tempo stesso.

Seguì un silenzio imbarazzato. Poi un brusco ticchettare, un bastone che picchiava contro il muro della casa. Lo zio Feliciano girò l'angolo e apparve nella luce, strizzando gli occhi come un gufo abbagliato. La signora Da Silva si lasciò andare contro lo schienale della sedia: era arrivato l'ennesimo membro di quella strana famiglia della giungla a creare difficoltà.

Lo zio si avvicinò. Sembrava che i suoi occhi vedessero una sola persona.

«Milton Acuna,» disse «lei era un gran bel giocatore. Sono contento che si sia tagliato i capelli…

sembrava un *bandido*. Quel gol che segnò contro l'Argentina nel 1968 è il più bel gol che io abbia mai visto! Ha saltato tre difensori, e nessuno di loro ha mai capito come ha fatto la palla a rimanerle tra i piedi. Poi il tiro. Spero che il figlio di mia sorella le abbia dato il suo benvenuto in questa casa».

«Quattro» precisò l'ex attaccante. «I difensori erano quattro.»

Lo zio Feliciano zampettò di lato come un granchio verso la mia sedia e mi fece segno di alzarmi. Mi appoggiai al muro, mentre lui portava a termine la complicata operazione di sedersi. Sembrava non essersi ancora accorto di nessun altro.

«Giusto, quattro. Mi scusi, ma la mia memoria invecchia. Il tiro però era bello e mi pare che abbia colpito di sinistro, nonostante fosse destro. O sbaglio?»

Acuna avrebbe potuto rispondere al complimento con un sorriso, ma non lo fece. Lo sguardo che lanciò allo zio Feliciano era quello di chi si sente interrogato da un poliziotto astuto. Non disse nulla. Lo zio si servì dal bicchiere di liquore che la signora Da Silva aveva rifiutato.

«È davvero un gran piacere conoscerla, signor Acuna» riprese. «Se la memoria non mi gioca brutti scherzi, il portiere argentino era Perez, giusto?»

Acuna annuì.

«Un grande portiere. Ma lei fu più bravo. Credo di aver visto quel gol almeno cinquanta volte alla televisione. Lo usano anche in una pubblicità. Lo sa che con il suo gol vendono mutande, signor Acuna?»

Qualcosa di simile a un sorriso attraversò la faccia dell'ex giocatore.

«Perez avrebbe dovuto rimanere in piedi e bloccare il suo tiro. Invece si buttò a destra, perché pensava che lei avrebbe usato il destro e non l'esterno sinistro. Dieci minuti più tardi la Coppa America era sua.»

Lo zio Feliciano tacque, ma i suoi occhi rimasero fissi su Acuna.

«Con tutto il rispetto, signore, c'è qualche motivo per cui mi sta dicendo queste cose?» chiese l'ex giocatore.

«Oh, sì, signor Acuna. Lei ha visto giocare questo ragazzo solo una volta, però forse può dirmelo: quel tiro lo avrebbe spiazzato?»

Acuna mi guardò. «Credo che lo avrebbe parato.»

Lo zio Feliciano alzò il bastone e lo battè sul contratto, facendone balzare via la penna della signora Da Silva. I bicchieri di liquore tremarono. Poi si piegò in avanti, accostando la faccia a quella di mio padre, e disse: «Firma queste maledette carte. Lascia il ragazzo alla sua vita. È pronto».

Capitolo 16

Conoscevo ogni centimetro di quel sentiero, con tutti i suoi tranelli: i punti in cui si nascondeva, quelli in cui la foresta allungava le sue dita per sferzarti gli occhi, quelli dove le radici affioravano per farti inciampare… ma non c'ero mai andato di notte e non avevo mai corso così forte. Piccole chiazze di luce argentea balenavano qua e là, per terra, come monete, e di tanto in tanto il tondo della luna faceva capolino nell'intreccio di rami sopra di me.

Quando entrai incespicando nella radura, tremavo ed ero fradicio di sudore. Mi piegai con le mani sulle ginocchia e inspirai a fondo quell'aria, più pulita e più fine che in qualsiasi altro luogo. Una luce

fredda illuminava lo spiazzo. Sopra, la luna pareva sospesa. Era un mondo a due colori: argento e nero. Il silenzio era così intenso che sembrava quasi di poterlo toccare, come un muro a cui appoggiarsi, per riposare e riprendersi dai miracoli.

Non mi aspettavo di trovarci il Portiere. Chiunque o qualunque cosa lui fosse, sembrava vivere della luce del giorno. Ero certo che non si sarebbe materializzato di notte.

Una volta ripreso fiato, mi rialzai.

Lui era in porta, appoggiato di schiena al palo destro, braccia conserte, occhi a terra. Non aveva il pallone.

Il mio cuore sobbalzò, come un camion che abbia preso una buca. Avvicinarsi a lui fu difficile come mai prima di allora. Mi fermai sul dischetto del rigore.

«E così è successo» disse. Non era una domanda e io non risposi.

Cominciò a camminare da un palo all'altro. Arrivava, lo toccava, tornava indietro e toccava l'altro. Attesi finché non mi parlò.

«A causa di ciò che sono,» iniziò «ho quasi dimenticato cosa significhi avere paura. Avrei dovuto insegnarti di più sulla paura».

«Ho firmato per il DSJ» lo interruppi io. «Per-

ché parli di paura? Non sono spaventato. Non rovinarmi questo momento, per favore.»

Mi guardò. Sotto l'ombra del cappello brillavano due luci sottili, simili a stelle lontane nello spazio infinito.

«No, non è vero» confessai. «Ho paura. Paura di non venire più qui. Non so cosa farò senza di te.» Mi arrabbiai con me stesso, quando mi accorsi di avere gli occhi pieni di lacrime.

Il Portiere sorrise.

Sorrise *davvero*, come una persona viva. La sua faccia era diversa. Un'altra cosa stupefacente in quel giorno già così pieno di sorprese.

«Cos'è accaduto nella partita di oggi pomeriggio?»

Indugiai un attimo, poi diedi la risposta più semplice: «Mi hanno battuto».

«Come?» domandò il Portiere.

Tornai con la mente alla partita. «Credo di aver perso concentrazione. Reagivo alle provocazioni di un giocatore. Stasera ha ammesso che il suo compito era proprio quello di mettermi sotto pressione. Misurare il mio autocontrollo.» Poi ebbi un lampo. «Grazie per avermi parlato in quel momento… Mi ha aiutato.»

Annuì in modo quasi impercettibile.

«E poi il pubblico ha avuto il sopravvento su di

me. Si aspettava che mi accadesse qualcosa, e io mi sono fatto influenzare. Oggi gli spettatori erano molto più rumorosi del solito e mi disturbavano. A volte non riuscivo a distinguere se il boato fosse fuori o dentro di me.»

Il Portiere mi studiò per un istante. «Sì... Come ti ho detto, non sono riuscito a mostrarti tutto. Non ho avuto abbastanza tempo.» Si portò sul bordo della radura. «Vieni qui.»

Spalancò la mano destra davanti ai miei occhi, le dita simili alle sbarre di una gabbia. Attraverso di esse vidi la luna, che si era abbassata su un angolo della radura, più vicina a noi.

«Guarda senza strizzare gli occhi.» Lentamente mosse la mano da parte a parte. La luna lampeggiò, morì, lampeggiò di nuovo. Ebbi la sensazione di rimpicciolire e di iniziare a fluttuare. La sua voce ora mi giungeva distante, tenue e cristallina: «Adesso segui la mia mano. Non strizzare gli occhi».

Mossi la testa insieme alla sua mano, che si spostava lungo il perimetro della radura. La luna seguiva la mano. No. *Un'altra* luna seguiva la mano, mentre la prima era rimasta dov'era. Sembrava che da un disco di luce ne avesse estratto un altro. L'altra luna seguì la mano fino all'estremità opposta della radura e lì si fermò. Di nuovo udii la voce, limpida e distante: «Non smettere di guardare». La mano si mosse ancora, e tra le dita spalancate apparve una terza luna, scivolata fuori da dietro la seconda. Sull'ultimo angolo della radura la mano si arrestò di nuovo. Quando le lune furono quattro, una su ogni lato, lui scosse la mano, come se fosse stato colto da un crampo. Io mi sentii tornare nelle mie dimensioni normali e i miei piedi ripresero contatto con l'erba. Sulla radura adesso la luce era quasi accecante: le quattro lune che ci rischiaravano proiettavano al suolo la mia ombra quadruplicata, come quattro raggi di una ruota di cui io ero il centro.

Il Portiere non aveva ombra.

Per un attimo indugiò con lo sguardo sulla giungla, poi tese il braccio destro e iniziò a correre a passo lento. Man mano che passava davanti agli alberi e li indicava, lentamente questi iniziavano a muoversi. Foglie e rami argentei e ombre nere come l'inchiostro si piegavano al suo passaggio, come se volessero seguirlo. Il Portiere compì due volte il giro della radura.

Quando tornò al punto di partenza, l'intera foresta era agitata dalla tempesta: con un fragore pari al sibilo di milioni di serpenti e alle strida di milioni di scimmie, le piante sembravano sul punto di spezzarsi e mulinare via nel cielo. Ma nella radura re-

gnava una calma innaturale, come se noi fossimo nell'occhio del ciclone.

Caddi in ginocchio. Avrei voluto nascondermi sottoterra per sfuggire a quella terribile inondazione di luce e alla furia urlante della foresta. Udii allora la voce del Portiere, tagliente come una lama: «Alzati. Vai in porta».

Confuso e tremante, ubbidii. La luce della luna faceva risplendere i pali e la rete di un blu elettrico.

Con gli occhi ridotti a due fessure, vidi la forma cangiante del Portiere che sistemava la palla a terra. La sua sagoma infuocata si mosse, e la palla si fece più grande, sempre più grande, finché mi superò senza che avessi potuto muovere un solo muscolo. Nonostante il rombo della foresta, udii il sibilo della rete che si gonfiava alle mie spalle.

Mi voltai per raccoglierla, ma era scomparsa. Sconcertato, mi girai di nuovo verso il Portiere: la

palla era là, tra i suoi piedi. La colpì, e ancora una volta la rete si gonfiò.

Lo guardai dritto in faccia.

«Che problema hai?» mi chiese. Le sue parole mi giunsero chiare sopra quella tremenda confusione.

Non riuscivo a parlare, e comunque non sarei riuscito a farmi sentire.

La palla era ancora una volta ai suoi piedi. La fece rotolare, poi si preparò a calciare, abbassando la spalla destra e spostando il peso sul piede destro.

«Dove?» urlò.

Riuscii a scollare la lingua. «Basso, sinistra» gridai con voce roca.

Ma la palla non arrivò fino a me, perché il Portiere la fermò ponendoci il piede sopra. Si allontanò di qualche metro e ripartì verso la porta, allargandosi leggermente sulla sinistra. Aguzzai gli occhi nella luce abbagliante e lo osservai attentamente.

«Dove?»

«Basso, sinistra, di nuovo!» Mi mossi per effettuare la parata, ma ancora una volta lui si fermò; poi d'improvviso spostò la palla sul destro e la indirizzò verso il sette destro della porta. Due lune mi accecavano: dovetti *immaginare* la traiettoria della palla perché non la vedevo. Non so come, riuscii a toccarla con la punta delle dita e a mandarla sopra la traversa, dove svanì per ricomparire ai piedi del Portiere.

Stavolta partì di corsa, fintando a destra e a sinistra per scartare difensori fantasma. Non era più un allenamento: voleva battermi. La folla invisibile che ululava nella foresta svanì nel nulla: in quella luce ardente vedevo solo la palla e il mago che la controllava. Si allargò sulla destra, stoppò il pallone e si apprestò a tirare di sinistro, poi invece scartò di nuovo e riprese ad avanzare, colpendo leggermente di taglio verso l'alto.

Schizzai fuori dalla porta, ma prima che potessi raggiungerlo il Portiere caricò la gamba destra per tirare. La palla sembrò rimanere sospesa sopra l'erba argentea, appena fuori dalla mia portata. Mi buttai di lato: non potevo indovinare l'angolo che il Portiere avrebbe cercato, perciò mi feci più grande che potevo, per coprire la linea di tiro. Udii il suono sordo della sua scarpa che colpiva la palla. La sfera mi prese in pieno petto, togliendomi il respiro. Cercai di addomesticarla con le braccia, riuscii a metterci una mano sopra, ma proprio in quel momento toccai terra. Vidi il Portiere quasi su di me, una sagoma gigantesca sullo sfondo della luna, e mi preparai all'impatto. Che però non ci fu. Lui passò oltre (o *attraverso*?) me. Mi misi in ginocchio, cer-

cando disperatamente la palla, che era rotolata via, a circa due metri di distanza. Il Portiere si era fermato quasi sulla linea di porta, ma stava tornando indietro per recuperare il pallone e segnare. Mi raccolsi e balzai, per puro riflesso. Quando le mie dita toccarono la palla, ero disteso, con le sue scarpe a pochi centimetri dalla faccia. Mi girai di lato per evitarlo, e mi accartocciai intorno al pallone.

Un boato si alzò dalla foresta: durò un attimo, poi svanì.

Seguì un silenzio sconcertante e meraviglioso. Mi sentivo come uno che ha rischiato di affogare e, tornato in superficie, ricomincia a respirare. Percepivo il gonfiarsi dei polmoni, il battito del cuore, le screpolature del cuoio del pallone sotto le mie dita. Alzai la testa.

La radura adesso era buia sotto la luce di una sola luna. Gli alberi erano immobili. Il Portiere era in piedi sulla linea di porta, a braccia conserte.

«Una buona parata» commentò. «Tutto ok?»

Annuii e mi rialzai. Mi tremavano le ginocchia.

«Solo raramente il calcio è un gioco tranquillo» disse.

Risi, forse.

«Il trucco consiste nel lasciare che il rumore ti passi *attraverso*, come un albero lascia passare il vento fra i rami e le foglie. Così rimane in piedi anche se il vento è più forte di lui.»

Ora respiravo normalmente ed ero di nuovo con i piedi ben saldi a terra. Mi ricordai di quanto era accaduto a casa mia poco prima, e mi sentii invadere dall'angoscia.

«Non sono pronto» dissi. «Ho ancora tanto da imparare.»

«Non da me.»

La sua risposta era fredda e definitiva.

Poi la sua voce si ammorbidì. «Ci sono cose che non puoi imparare qui, nel nostro campo segreto. Devi uscire nel mondo, giocare la tua partita sotto luci più forti di quelle di stanotte e tra rumori così assordanti che quelli di stasera ti sembreranno sussurri. Proverai paura, perché solo gli stupidi non hanno paura, ma sei coraggioso e sai di essere bravo.» Fissò gli alberi intorno. Mi sembrò che scolorisse leggermente e che per qualche istante i suoi contorni si dissolvessero. «E poi, chi lo sa quanto potrà sopravvivere un posto come questo? Stanno uccidendo la foresta, albero dopo albero. Ogni minuto che passa un ettaro di verde svanisce. Pensi che potremmo resistere a lungo contro quelle macchine che tu fai funzionare?»

«Non farò più quel lavoro.»

«No, e almeno di quello sono felice. Quando partirai?»

«Domani. Alle nove viene qualcuno del Deportivo a prendermi.» C'era ancora una domanda che volevo fargli, ma non sapevo da che parte cominciare. Poi riuscii a tirarla fuori. «So che quando ho giocato al campo tu eri là. Ci sarai anche a San Juan?»

Invece di rispondere, tese le mani. Gli detti la palla e lui rimase a fissarla, come una zingara che legga il futuro in una sfera di cristallo.

«Devi capire» disse «che per me è molto difficile lasciare la foresta. È da tanto che ci provo». Alzò la faccia e ancora una volta scorsi quelle scintille di luce, come stelle distanti, che forse erano i suoi occhi. «È per questo che ti ho chiamato qui. Perché tu mi aiutassi ad andarmene. Per porre fine all'attesa.»

«Allora adesso puoi andartene? Sarai con me a San Juan?»

«No. Rimarrò qui. La mia attesa non è ancora terminata.»

«Continuo a non capire. Vuoi dire che se avrò bisogno di te è qui che ti troverò?»

Percepii qualcosa sul suo volto, forse un altro sorriso. «A dire la verità, sono io che ho bisogno di te.» Poi si incamminò verso il limite della radura, facendo rimbalzare la palla.

«Non andare» mormorai io.

Si fermò, ma rimase di schiena, continuando a far rimbalzare la palla.

«Tornerò» dissi.

Si voltò. «Dipendiamo da quello.»

La luce si oscurò. Alzai lo sguardo e vidi che una nuvoletta copriva metà della luna. Quando riabbassai gli occhi, se ne era andato.

CAPITOLO 17

A Paul Faustino stava succedendo qualcosa di strano. Da giornalista era più che abituato a sentirsi raccontare bugie, si poteva dire che facesse parte del suo lavoro. Quindi pensava di essere bravo a riconoscere i bugiardi. Il tono della voce, l'impercettibile sbattere delle palpebre, la lieve accentuazione dei movimenti del corpo che segnalavano l'arrivo di una menzogna.

Durante le molte ore trascorse con El Gato, però, non aveva colto nessuno di questi indizi. Ancora peggio, il bagliore che brillava negli occhi del campione non aveva niente a che vedere con la luce riflessa dal trofeo d'oro sul tavolo. Erano lacrime. Quell'uomo stava cercando di non piangere. Fausti-

no si sorprese a considerare, sia pure per pochi istanti, la possibilità che stesse raccontando la verità.

Prima di parlare si schiarì la voce: – Gato, hai appena descritto il tuo ultimo incontro con il Portiere?

– Sì.

– Non lo hai più rivisto?

– No. O meglio sì, l'ho visto, credo di averlo visto, a San Juan. Ma da quella notte nella foresta non l'ho più incontrato né gli ho più parlato.

– Non sei più tornato a cercarlo? – chiese il giornalista.

– Sì. Solo una volta.

– E…?

El Gato si massaggiò le tempie, poi si allungò indietro sulla sedia. – Fu il giorno dopo il funerale di mio padre. Aspettai fin verso la fine del pomeriggio prima di prendere quel sentiero che ben conoscevo. Non conduceva più da nessuna parte. La cortina di foglie che prima dava accesso alla radura adesso si apriva su una vegetazione ancora più densa. Vagabondai per due ore, ma la radura era scomparsa. Non c'era alcun segno nemmeno di dove potesse essere stata.

Faustino rifletté su queste ultime parole. Quell'uomo aveva sofferto di due perdite contemporaneamente. Ma siccome i minuti passavano, riprese:

– Raccontami di San Juan, Gato. Che cosa ha significato per un ragazzo di quindici anni nato nella giungla ritrovarsi in una grande città?

– Vidi, per la prima volta, cose normalissime: semafori, poliziotti, ombrelli, fast food. Negozi che vendevano un solo tipo di oggetto: orologi, scarpe o libri. Folle di persone che andavano al lavoro camminando sui marciapiedi. Strade e marciapiedi mi lasciavano a bocca aperta: pensavo ai milioni di tonnellate di cemento e pietre sotto tutti quei piedi, e al lavoro che era servito per trasportarle fin lì. Vidi anche bambini che dormivano per strada.

– Dove vivevi, Gato?

– Andai a stare con Cesar Fabian e sua moglie. Cesar era il fisioterapista del DSJ. Lo è ancora adesso. Un uomo magnifico. Una coppia magnifica. Dividevo la camera con un altro ragazzo della mia età. Lui però non rimase. Dopo sei settimane se ne andò, perché non resisteva alla nostalgia di casa.

– E tu non avevi nostalgia?

Sembrò che il grande portiere non avesse mai preso in considerazione quella domanda prima di allora. Dopo una pausa, rispose: – No. Non proprio. Mi sentivo fuori dalla realtà, come in un sogno. Ma era un bel sogno, non un incubo –. Tacque per un po', poi riprese: – Ma una cosa c'era che mi faceva sentire

nostalgia di casa. Se poi nostalgia è la parola giusta. Tristezza, in ogni caso. Conosci San Juan, Paul?

Faustino fece una smorfia. – Sfortunatamente sì. Puzza. Preferisco le città in cui c'è una chiara distinzione tra una fogna e una strada.

Il portiere rise. – Stai parlando della città vecchia, il porto. Ma tra la città vecchia e la nuova c'è quello che gli abitanti chiamano "il parco". Una parte di foresta risparmiata, una specie di polmone verde, circondato con un'inferriata. In questa prigione vivono scimmie, uccelli, farfalle. Una natura finta, con sentieri di cemento, tavoli da picnic e cestini per l'immondizia. Eppure ci andavo abbastanza spesso, solo per ricordarmi che effetto fa il cielo quando lo vedi in mezzo agli alberi. Ecco, ogni volta che ci andavo, sentivo nostalgia di casa.

Faustino pensò che sì, poteva ricavare un pezzo da questa parte della storia. Un racconto che toccasse il cuore dei lettori. Ma gli servivano più fatti concreti, perciò disse: – Parlami della tua vita di tutti i giorni a San Juan, Gato. Eri sotto contratto. Cosa dovevi fare? Cosa fanno i ragazzi che entrano in una squadra di calcio?

– Con mia grande sorpresa, – rispose El Gato – andavamo a scuola. Ogni mattina, cinque giorni a settimana.

– Scuola di calcio?

– No, scuola vera e propria. Matematica, lingua, scienze, storia. Mia madre ne fu felice. Aveva sempre pensato che calcio e istruzione non potessero andare d'accordo. Era convinta che mio padre, scrivendo con la sua calligrafia malferma il mio nome sul contratto della signora Da Silva, mi avesse condannato a due anni di stupidità. Fu quindi molto contenta di apprendere che mi davano, gratis, un'istruzione.

– E anche tu lo eri?

– No. L'anno in cui arrivai al DSJ c'erano altri diciotto ragazzi come me, che provenivano da tutta la nazione: da piccole città, da baraccopoli, da posti come il mio. Di quei diciotto, dieci non avevano mai visto un libro prima di allora. Sapevano a memoria le formazioni del Boca Juniors dal 1976 in poi, ma non avrebbero saputo leggere quegli stessi nomi scritti su un pezzo di carta. Frequentavo lezioni in cui insegnavano l'alfabeto.

Faustino se lo immaginava: un ragazzone intelligente seduto in una classe dove cercava di non apparire troppo bravo di fronte ai compagni. – Allora non hai imparato niente?

– Sì. A stare zitto. A guardare. Imparai che era possibile essere un perfetto ignorante in classe e un genio sul campo.

Faustino ci pensò su un secondo. Poi disse: – E dopo la scuola?

– Due pomeriggi alla settimana ci facevano sgobbare: pulivamo, preparavamo lc divise, seguivamo gli addetti al terreno di gioco portando carrelli da una parte all'altra, spazzavamo, sbrigavamo commissioni. Tre pomeriggi alla settimana ci allenavamo. Sodo. Milton Acuna era incaricato dell'addestramento degli allievi e non ammetteva debolezze. Era severo, ma per me non era un problema, perché lo era comunque meno del Portiere. Alcuni ragazzi, però, ne soffrivano.

– Eri l'unico portiere degli allievi?

– Per quell'anno sì. Perciò talvolta lavoravo insieme al portiere della prima squadra, Pablo Laval, e al suo sostituto, Ramos.

Faustino si lasciò andare all'indietro sulla sedia. Il suo volto uscì dal cono di luce della lampada. – Conoscevo piuttosto bene Pablo – commentò. – Anzi, è stato lui il primo a parlarmi di te. Era un buon portiere. Andavate d'accordo? In fondo hai preso il suo posto come titolare, e per lui dev'essere stato duro.

– Non sarebbe mai successo se non si fosse fratturato la clavicola nella partita di Coppa contro il Palominas. Pablo era bravissimo, e guardarlo gioca-

re mi ha insegnato molto. Con me è sempre stato generoso, e non abbiamo mai avuto problemi.

Faustino si piegò in avanti: – Ho intervistato io Pablo Laval quando ha annunciato il suo ritiro, e ricordo bene cosa disse: «A metà tempo, nella prima partita che El Gato giocò in prima squadra, seppi che ero finito. Vidi che quel ragazzo era più bravo di quanto io sarei mai stato e capii che non avrei riavuto il mio posto». È vero che aveva trentadue anni, ma non era ancora finito. Eppure smise. Non deve essere stato facile per lui.

Anche El Gato si piegò, entrando nel cono di luce, e guardò il suo amico dritto in faccia. – Te lo ripeto, Paul: non ho mai avuto problemi con Pablo. Dopo quella partita, mi portò con sé nello spogliatoio e mi dette la sua maglia. Era una sorta di rituale. Mi disse che ormai il numero 1 era mio. Io risposi che avevo giocato solo una buona partita, mentre lui ne aveva giocate centinaia, e che quindi non potevo accettare. Ma lo sai com'è Pablo... Non tollera un "no" come risposta. Mi fece togliere la maglia numero 23 e mi mise la sua. Non avevo ancora finito di infilarla che udii sbattere la porta dello spogliatoio. Quando tirai fuori la testa, guardai nella direzione in cui stava guardando Pablo: c'era Ramos, ancora con la tuta che indossava mentre era in panchina.

– Ah, – intervenne Faustino – Ramos. Stavo giusto per chiedertelo. All'epoca tu avevi solo… quanto, sedici anni? Il più giovane di sempre a giocare in prima squadra nel DSJ. Ramos era il secondo portiere da almeno due anni, e adesso gli avevano preferito te. Credo che non fosse proprio contento.

– Mi odiava – disse El Gato seccamente.

– Non faccio fatica a crederlo.

– Tecnicamente era bravo. Ma era senza scrupoli. Nella sua breve carriera si era già guadagnato un bel numero di cartellini gialli. Quando entrò nello spogliatoio e mi vide con la maglia di Pablo, esplose come un vulcano. Credo che mi avrebbe ucciso se Pablo, con il braccio buono, non lo avesse preso per il collo e inchiodato alla parete –. El Gato fece una pausa, raccogliendo i ricordi. – Anzi, non molto tempo dopo ha effettivamente cercato di uccidermi. O almeno di farmi uccidere.

Faustino si raddrizzò. – Stai scherzando.

– Quello che ti rivelerò ora non devi pubblicarlo perché non ho le prove, ma sono sicuro che fu Ramos.

– Cosa accadde?

– Beh, – riprese a raccontare El Gato – mi tenni il mio posto in squadra e finii su tutti i giornali. Ramos non ci vedeva più dalla rabbia, sputava più veleno di una vipera. Una domenica andai nel parco, da solo. Era pieno di famiglie che facevano picnic e questo mi fece sentire ancora più solo. Allora mi incamminai fra gli alberi lungo i sentieri, finché non udii più voci. In quel momento provai la sensazione di *essere* a casa e insieme una profonda *nostalgia* di casa. Mi appoggiai ai rami muschiosi di un grosso albero di china, lasciando vagare lo sguardo nell'affascinante chiaroscuro di quella giungla imprigionata. Pensavo al Portiere, ovviamente… finché lo vidi. Si stava materializzando in mezzo alle felci e ai rampicanti. Sentii un'improvvisa gioia, ma solo per pochi istanti, perché mi accorsi che era in difficoltà: stava lottando per rendersi visibile, ma la sua immagine si sfocava continuamente, come un film proiettato sul vetro. Riuscivo però a notare che indicava qualcosa (me, credevo) e che la sua bocca si muoveva. Stava cercando disperatamente di parlare. Poi, non so come, capii che voleva mettermi in guardia. Mi allontanai velocemente dall'albero e mi voltai. I due erano a una decina di metri da me. Erano poco più che ragazzi, avranno avuto un anno o due più di me. Pallidi, magri, capelli lunghi. Tenevano in mano coltelli a serramanico.

Per una frazione di secondo ci guardammo, poi mi si avventarono addosso. Io mi detti alla fuga,

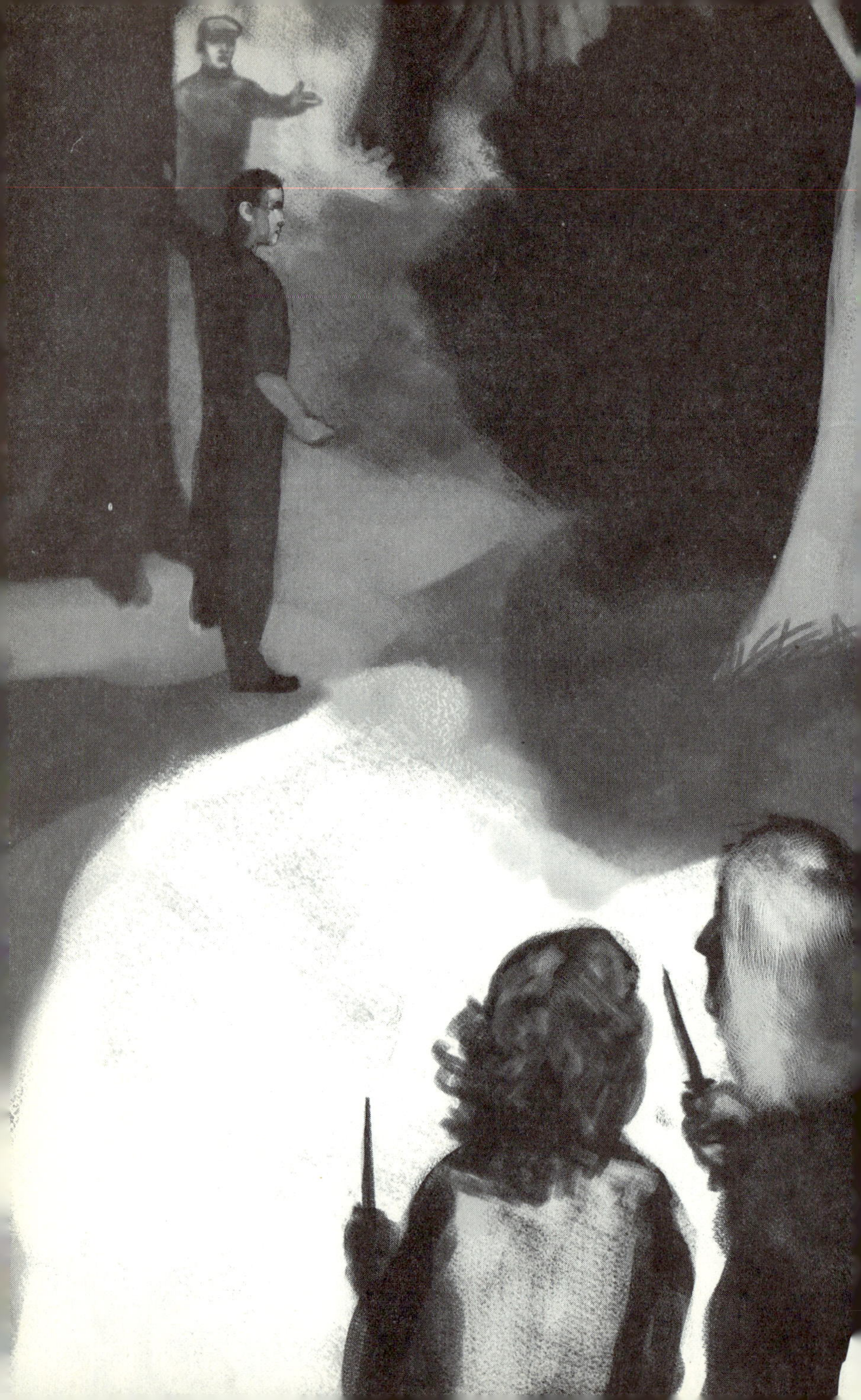

correndo lontano dal sentiero, dritto nel folto della foresta, dove mi guidò qualche specie di memoria o di istinto. Mi inseguirono per un po', ma non per molto. Erano ragazzi di città e non erano abituati alle ragnatele sul volto o al pensiero di esseri striscianti nascosti nell'oscurità. Le loro imprecazioni svanirono a poco a poco dietro di me e alla fine, quando mi sentii abbastanza al sicuro, mi fermai. Ripresi fiato e mi diressi con prudenza verso i suoni lontani del traffico. Dopo venti minuti spuntai sul viale fra il parco e la città vecchia.

– Accidenti! – esclamò Faustino. – E tu sei convinto che quei tizi non fossero delinquenti comuni? Cosa ti fa pensare che fossero agli ordini di Ramos?

– Quando lunedì pomeriggio arrivai all'allenamento, Ramos stava scendendo dalla macchina. Il suo sguardo mi rivelò tutto. E lui sapeva che io sapevo.

– Cosa ne è stato di lui?

– Fu venduto prima della fine del campionato. L'ultima volta che ne ho sentito parlare giocava in Colombia, ma si tratta di anni fa.

– Così sei rimasto primo portiere del DSJ fino al termine della stagione – concluse Faustino. – E, come si usa dire, il resto è storia. Ce l'ho tutta qui.

Si alzò e attraversò l'ufficio. El Gato ruotò la sua

sedia e vide che l'amico apriva la porta di una stanzetta senza finestre. Riusciva a scorgere due pareti coperte da scaffali, ricolmi di cartelle, contenitori, taccuini e schedari pieni di carte.

Faustino rise: – I miei colleghi chiamano questo posto la Biblioteca del Sapere Inutile di Faustino. Gli sfugge però un piccolo particolare: che nessuna conoscenza è inutile –. Scomparve nella stanza, prima di riemergere portando tre enormi schedari vecchio tipo. Ognuno recava un'etichetta su cui, con un pennarello a punta grossa, era stato scritto *EL GATO*.

– Niente male – commentò il portiere.

– Oh, questo non è tutto – precisò Faustino. – Il resto è su quel computer. Questo è il materiale dei primi tempi. Tutto quello che ho raccolto nel corso degli anni, anche alcune cose scritte da me. Solo gli articoli migliori, ovviamente. Sono in ordine cronologico. Beh, più o meno –. Aprì la prima cartellina e scartabellò attraverso i ritagli di giornale, le agenzie di stampa e le illustrazioni. El Gato riconobbe una foto di se stesso da ragazzo. – Dunque, – continuò Faustino – questo materiale riguarda la tua prima stagione come portiere del DSJ. La squadra si classificò terza. Miglior piazzamento degli ultimi... quanto? Cento anni?

– Dodici, per la verità – corresse il portiere sorridendo.

– E primi nel campionato dopo. Stupefacente. Vieni proclamato miglior giocatore dell'anno e firmi per altri due anni con il DSJ –. Faustino si fermò e guardò il portiere. – Perché? – chiese. – C'erano squadre più grandi che ti volevano. Anche squadre straniere: Juventus, Chelsea, Atletico Madrid. Ma tu scegliesti di rimanere nella provinciale San Juan.

Il grande portiere alzò le spalle. – Milton Acuna fu persuasivo. Mi disse che sì, certo, un giorno avrei giocato in Europa, ma che ero ancora troppo giovane. Io mi fidavo della sua opinione. La società, inoltre, mi pagava bene. E poi c'era la mia famiglia. L'idea di mettere un oceano di mezzo fra me e loro non mi allettava.

Ma Paul Faustino era un giornalista: questa risposta non gli bastava. – C'entrava forse il Portiere? Mi hai raccontato che nel parco di San Juan, quando ti è apparso, sembrava in difficoltà. Pensavi che se fossi andato più lontano non ti avrebbe più raggiunto? O che non avresti potuto comunicare con lui, se non ci fosse stato a portata di mano un pezzo della tua amata foresta?

El Gato ci rifletté sopra e alla fine disse: – Paul, il Portiere è sempre con me, *qui* –. Si toccò la fronte

con due dita. – In carne e ossa non lo vedo da anni, come ti ho detto… – sorrise. – In carne e ossa forse non sono proprio le parole adatte… ma, insomma, capisci cosa voglio dirc.

Faustino squadrò il suo amico e decise di lasciar cadere l'argomento. Tornò allo schedario. – Giocatore dell'anno anche nel campionato seguente. Il DSJ sale in testa alla classifica, bla bla bla, l'anno dopo vince anche la Coppa, bla bla bla… poi, alla ancora verde età di vent'anni, firmi un contratto con la Unita e vai in Italia. Nella tua prima stagione la Unita vince la Coppa dei Campioni.

Il giornalista spostò lo schedario e aprì quello seguente. Ne estrasse una foto in bianco e nero, lucida, di formato 30 x 15. – Secondo me, – commentò – questa è una delle più grandiose fotografie di tutti i tempi. La userò nell'articolo.

El Gato che sollevava la Coppa dei Campioni! Giovane e trionfante. La coppa, simile a una grande anfora, rifletteva i flash di mille macchine fotografiche sulla faccia del portiere, conferendogli quell'aura luminosa che di solito si vede nei ritratti dei santi. Un'immagine di gioia smisurata.

Quando vide la foto, la faccia di El Gato diventò di pietra. Spinse indietro la sedia, andò alla finestra e allargò le sue enormi mani sul vetro. Rimase così

per qualche secondo, poi si infilò le mani in tasca e appoggiò la fronte al vetro.

Faustino guardò prima le grandi spalle del suo amico e poi la foto. Che cosa succedeva, adesso? Fece per premere il pulsante "stop" del registratore, poi cambiò idea. Aspettò un po' e disse: – Gato? –. Il portiere non si mosse. – Gato? Che problema c'è?

El Gato si voltò.

– Fammi un favore, Paul, non usare quella dannata foto. Non voglio vederla mai più.

Faustino continuava a spostare gli occhi dal suo amico alla fotografia, senza trovare nulla da dire.

El Gato camminò per un po' su e giù per l'ufficio, poi si sedette, rimanendo in silenzio. Allora Faustino si piegò in avanti nel cono giallo della luce della lampada e disse, lentamente: – Raccontami, per favore, amico mio.

Il portiere teneva lo sguardo basso sul tavolo. – Quello fu un momento magico. Ma presto si trasformò in tragedia. Avevamo vinto la Coppa dei Campioni e Giorgio Massini l'aveva appena messa nelle mie mani. Quella notte ci divertimmo: fino a mezzanotte fummo assediati dai giornalisti, poi andammo a festeggiare in città. Il giorno seguente tornammo a Roma, un po' malconci ma ancora con il morale alle stelle. All'aeroporto ci vennero a prendere due autobus con il tetto scoperto, dipinti con i colori della Unita, e ci fecero sfilare lungo le strade, io e Massini sul primo autobus, in piedi, con la coppa in mano. Scene da non credere: fiori, abiti, bandiere, soldi… ci gettavano di tutto. Il giro si concluse in un hotel di lusso, dove ci fu una conferenza stampa, poi interviste e foto. Alla fine i giocatori se ne tornarono a casa dalle mogli, dalle fidanzate, insomma dai loro cari. Io ero sfinito e decisi di fermarmi in albergo. Mangiai qualcosa in camera e andai a letto.

Faustino c'era stato a quella conferenza stampa, ma non gli sembrò il momento adatto per parlarne.

El Gato continuò.

– Dormivo come un sasso, perciò quando alle sette del mattino cominciarono a picchiare alla porta mi ci volle un po' per rendermene conto. Incespicai fuori dal letto e aprii. C'era una donna bassa, che armeggiava con un grosso mazzo di chiavi. Mi parlò in fretta in italiano, indicando il telefono accanto al letto. Prima di andare a dormire avevo staccato la spina, perché l'ultima cosa che volevo era essere svegliato da qualche giornalista nel bel mezzo della notte. Riattaccai il telefono e alzai la cornetta. Qualcuno disse qualcosa in italiano, poi mi giunse una voce lontana e distorta. Per un secondo pensai che fosse il Portiere... forse era stata l'eco che si sentiva sulla linea a farmi pensare a lui e a impedirmi di riconoscere quella voce, che pure mi era ben nota.

«Gato? Sei tu, Gato? Sono Ernst Hellman.» Hellman! Strano: l'unico pensiero che ebbi in quel momento fu che non avevo mai saputo il suo nome di battesimo.

Dissi qualcosa del tipo: «*Señor* Hellman, è molto gentile da parte sua telefonare». Pensavo che volesse congratularsi.

«Finalmente,» continuò lui «mi ci sono volute tre ore e sedici telefonate per trovarti».

Un brutto presentimento si fece strada nella mia mente e un sudore freddo mi pervase. «È tutto a posto, *señor* Hellman?»

Non rispose subito. Ascoltai il rumore di sottofondo, simile al vento. Poi disse, nel suo modo brusco: «No. Ascolta, Gato. C'è stato un incidente.»

Allora seppi. «Mio padre.» Quelle due parole furono tutto ciò che riuscii a dire.

«Sì, Gato. Tuo padre. Mi dispiace dovertelo dire proprio oggi. È morto, Gato. Questa mattina.»

Così andai a casa. Mi ci vollero sessantadue ore.

Capitolo 18

Dopo il funerale, in una lunga conversazione con Hellman, scoprii cos'era successo. La finale di Coppa si era giocata in Olanda in prima serata: da noi erano più o meno le due di pomeriggio. Era mercoledì, ma Hellman aveva dato a tutti mezza giornata libera. Immaginai che avesse dovuto urlare un bel po' al telefono con l'ufficio centrale, dondolandosi sul bordo della finestra...

Molte famiglie in paese, compresa la mia, avevano ormai il televisore, ma ovviamente l'unico posto in cui valeva la pena guardare la partita era al caffè, dove avevano aggiunto due schermi in più. Gli uomini arrivavano direttamente dal lavoro, ancora in tuta e con gli stivali sporchi, gridando per avere una birra.

A mio padre era stato assegnato il posto d'onore: una sedia di fronte alla tv e accanto al bancone del bar. Ti ricordi la partita, Paul? Tu c'eri.

– Certo. E quello che ricordo è che tu giocasti una grande partita, gli altri no.

– Nei primi venticinque minuti ci furono molte azioni manovrate, lente, che non portarono a nulla. Tutto quello che ebbi da fare fu spazzare via qualche retropassaggio e seguire con lo sguardo un tiro dalla lunga distanza, che finì ben al di fuori dello specchio della porta. Il pubblico cominciava a spazientirsi.

Al caffè tutti si prodigavano in consigli tecnici. Solo mio padre, mi raccontò Hellman, se ne stava in silenzio, limitandosi ad annuire se gli rivolgevano la parola. Era visibilmente pallido e tremava per la tensione.

Fu il nostro capitano, Massini, a dare una sterzata alla partita. Intercettò un passaggio sbagliato sulla linea di metà campo e partì per una delle sue famose galoppate. Nessuno lo affrontò: la difesa del Real arretrò, mantenendo strette le marcature. Massini alzò lo sguardo, vide che il portiere avversario era impegnato a urlare e a gesticolare con i suoi difensori e ci provò. Tirò da venticinque metri e l'impatto della palla sul palo alla sinistra di Ruiz fu così forte che lo sentii persino io dall'altra parte del campo, nonostante il boato del pubblico.

Il quasi gol di Massini avrebbe dovuto darci la carica, invece infiammò il Real. Si gettarono all'attacco come lupi. Ernesto Pearson, il loro goleador argentino, fece impazzire la nostra difesa, costringendomi negli ultimi dieci minuti del primo tempo a sei o sette parate.

Fu allora che gli uomini nel caffè cominciarono a offrire da bere a mio padre. Lui non era abituato, ma quel giorno gli misero davanti una birra per ognuna delle mie parate. E lui era così emozionato che le bevve una dopo l'altra.

Cosa accadde poi lo sai, Paul. Segnammo al sessantacinquesimo minuto. Poi gli spagnoli ci costrinsero a chiuderci in difesa, attaccando sempre più disperatamente. Era come cercare di ricacciare indietro il mare, però resistemmo.

E vincemmo.

Faustino sorrise. – Hai dimenticato solo un paio di dettagli, amico mio. Il fatto è che *tu* hai vinto quella partita. Hai parato due punizioni di prima, una addirittura senza poter vedere la palla se non

all'ultimo momento. E hai parato il rigore di Pearson quattro minuti prima della fine. Ecco cosa uccise il Real.

– E uccise anche mio padre – mormorò il portiere. – Se la partita fosse finita diversamente, mio padre forse sarebbe ancora vivo.

– I se possono solo farti diventare matto, Gato. Dovrebbero essere proibiti per legge. Raccontami quello che è successo *davvero*.

– Forse ti ricordi che quando consegnarono a Massini la Coppa dei Campioni, lui non la sollevò in segno di trionfo, come fanno di solito i capitani, ma la passò a me. *Io* la sollevai.

Al caffè, l'immagine di me che stringevo la coppa, la stessa della fotografia, riempì tutti e tre gli schermi… allora sollevarono mio padre di peso su un tavolo. Aveva già bevuto molto, mi disse Hellman, e dovettero tenerlo per le gambe perché rimanesse in piedi.

Hellman a quel punto lasciò il caffè, ma nei successivi due giorni ricostruì quanto era avvenuto dopo. I festeggiamenti in mio onore andarono avanti per tutto il resto del pomeriggio e quando mio padre riuscì a uscire dal caffè, crollò al suolo in mezzo alla strada. La cosa scatenò l'ilarità generale. Due tizi entrarono a prendere un tavolo, ci caricarono sopra mio padre e in quattro, tutti con magliette blu su cui era scritto il mio nome, se lo misero in spalla e si diressero, ondeggiando pericolosamente, verso casa nostra. Dietro si formò un corteo di ubriachi che cantavano.

Mia madre non fu propriamente contenta di ritrovarsi davanti casa quella massa di tifosi. Quando poi si accorse che le braccia e le gambe che penzolavano dal tavolo erano quelle di mio padre, quasi svenne. Mia nonna pensò che fosse già morto e iniziò a piangere, mentre nel frattempo colpiva in testa uno dei portantini con un mestolo.

Invece mio padre era ancora vivo. Fu sollevato dal tavolo e messo a letto. Un'ora dopo riprese conoscenza, riuscì a bere un po' d'acqua e poi dormì pesantemente fino al mattino.

Quando mia madre lo trovò sveglio alle sei, che si vestiva per andare al lavoro, lo pregò di restare a casa, perché aveva un aspetto davvero orribile. Ma lui replicò che non aveva mai perso un giorno di lavoro in vita sua e non intendeva cominciare allora. Così andò.

Quella mattina scendeva una pioggerella ininterrotta e gli uomini si accalcarono sul retro del camion, avvolti nelle mantelle. La maggior parte di lo-

ro era nello stesso stato di mio padre: tremanti e con gli occhi rossi. Mio padre vomitò due volte. Un altro allora tirò fuori una bottiglia piena di un liquido verdastro e lo convinse a berne un po'. Qualunque cosa fosse, sembrò funzionare.

Hellman mi raccontò che, quando il camion raggiunse il campo, mio padre sembrava a posto. Il resto degli uomini però no ed Hellman aveva una mezza intenzione di mandarli tutti a casa. Mio padre però disse che non ci sarebbero stati problemi: era lui il caposquadra e si sarebbe accertato che ognuno fosse prudente. Hellman allora diede l'ok. Poi si congratulò con mio padre per la mia vittoria e tornò nel suo ufficio.

Il gruppo indossò gli impermeabili verdi (quello di mio padre aveva una larga banda arancione sulla schiena) e si preparò al taglio. La pioggia intanto era aumentata.

La squadra era una delle tre che lavoravano sul pendio superiore di una collina bassa e lunga. Si trattava di un'area di taglio nuova, perciò i macchinari non avevano ancora rivoltato in profondità il terreno e ruscelli di acqua scendevano lungo la collina. Dopo un'ora, la squadra aveva terminato le operazioni e abbattuto un albero gigantesco. I tagliatori e le scimmie-sega andarono a ripulirlo. A quel punto mio padre aveva già ricominciato a sentirsi male. Credo che in quella bottiglia ci fosse qualcosa di alcolico: per questo era così fiducioso quando parlò con Hellman. Una volta svanito l'effetto, si sentì peggio di prima, ma era testardo e non avrebbe mai smesso di lavorare.

La squadra fissò i cavi al tronco, il terreno intorno era ormai una poltiglia e le scimmie-sega scivolavano vicino al fusto, imbrattando gli impermeabili di fango rosso.

Il manovratore dell'argano, un tipo di nome Torres, azionò i motori e iniziò a mettere in tensione i cavi. Quando mio padre comparve, aveva davvero un brutto aspetto e Torres glielo disse. Lui gli rispose di non preoccuparsi e di far andare i motori a bassa velocità: non voleva che il tronco scendesse per il pendio troppo forte con quel tempaccio. Poi se ne andò. Secondo Torres stava cercando un luogo nascosto per vomitare di nuovo.

L'uomo azionò l'argano a bassa velocità. I cavi si tesero e vibrarono come corde di una gigantesca chitarra. Il tronco si spostò nel fango, con un potente rumore di risucchio, poi, per qualche motivo, si bloccò.

Il manovratore provò ad accelerare e decelerare il motore per rimetterlo in movimento, ma non accad-

de nulla. Preoccupato, sbirciò attraverso la pioggia scrosciante, cercando mio padre, ma non lo vide da nessuna parte. Allora spinse il motore a mezza velocità per cinque secondi, cercando di smuovere il tronco, e la cosa funzionò. L'albero oscillò leggermente e poi iniziò a scivolare giù per il pendio. Andava un po' più veloce di quanto Torres avrebbe voluto... poi, all'improvviso, il tronco scartò e scivolò di lato. La parte superiore andò giù di taglio, falciando il sottobosco come una lama. Torres sapeva che i cavi non avrebbero retto, perciò premette il pulsante di rilascio. Il tronco rimbalzò, rotolò e infine si fermò a circa sessanta metri da dove sarebbe dovuto andare a finire. Lo bloccò uno di quei bassi canali di scolo che zampillavano acqua giù per il pendio: il tronco ci finì dentro con precisione.

Al manovratore e alla squadra ci volle un'altra ora per riposizionare l'argano e i cavi e trascinare l'albero ai piedi del pendio, in un punto in cui i trattori potessero prenderlo.

Torres mandò due volte le scimmie-sega a cercare mio padre, ma di lui non c'era traccia.

Poi, una volta che il tronco fu rimosso, uno dei ragazzi scorse il suo impermeabile verde e arancione mezzo sepolto nel canale; allora scese per raccoglierlo. L'impermeabile era imprigionato nel fango, così il ragazzo afferrò il colletto con entrambe le mani e tirò con tutta la forza che aveva.

Solo quando la nuca di mio padre spuntò dalla melma, si accorse che l'impermeabile non era vuoto. L'albero era rotolato addosso a mio padre e l'aveva schiacciato a faccia in giù nel fosso dove era andato a vomitare.

Faustino premette il tasto "stop" sul registratore.

Capitolo 19

El Gato era abbandonato contro lo schienale, le braccia tese in avanti, le dita appoggiate sul tavolo. Fissava la Coppa del Mondo, ma senza vederla.

Faustino era contento di quel silenzio, perché era occupato a pensare. Non era un sentimentale, però lo sconcertava la serenità con cui il portiere aveva raccontato la morte del padre. Così come lo sconcertava la serenità con cui aveva raccontato quelle… quelle *cosa*? Esperienze? Allucinazioni?

La freddezza era una delle qualità che avevano fatto del suo amico il miglior portiere del mondo, ma il giornalista si sorprese a pensare se un tale autocontrollo non fosse… come dire, *innaturale*. A volte

sembrava che El Gato vivesse in un'altra dimensione. D'altra parte, nel descrivere il suo ultimo incontro con il Portiere, si era commosso, non c'era dubbio. Questo portiere era più complicato di quanto un calciatore avesse il diritto di essere.

Tuttavia il giornalista cominciava a intravedere un modo per dare forma a tutto il materiale che aveva registrato quella notte. Tre articoli invece di uno.

Il primo sulla giungla e sul Portiere... El Gato avrebbe insistito. Pensava di dargli un taglio particolare, in modo che i lettori potessero prendere per buona quella storia pur essendo evidente che lui, Faustino, non ci credeva. Il secondo sul campo di taglio e sulla morte del padre: un bell'articolo vecchio stile su casi umani, concreti. Il terzo avrebbe riportato il commento di El Gato sulla finale della Coppa del Mondo. E quello mancava ancora...

Tra poco sarebbe stata l'alba. Faustino sperava che il portiere avesse ancora abbastanza energie per commentare il video della partita. Più il giornalista pensava a quello schema e più gli piaceva: un'esclusiva di tre giorni sull'uomo che in quel momento era il personaggio più famoso del pianeta. Le vendite de *La Nación* in rialzo di almeno il trenta per cento. La sua storia venduta in tutto il mondo. A quella spilorcia del suo capo sarebbe piaciuto tutto, soprattutto il fatto di avere tre esclusive al prezzo di una. Faustino cominciò a considerare il premio che avrebbe potuto strapparle e si sentì d'improvviso molto allegro.

Poi, con il tono di voce più compassato possibile, disse: – Non sapevo che tuo padre fosse morto in questo modo. Mi dispiace molto.

El Gato annuì.

Cautamente, Faustino insistette: – Sono sorpreso che non si sapesse nulla. Non ho mai letto niente sui giornali.

Il portiere fece un debole sorriso. – È accaduto lontano dal mondo. Ogni giorno muoiono boscaioli senza che i giornali ne scrivano. E io finora non ne avevo mai parlato.

– Posso scrivere questa storia?

– Certo, anzi devi.

Faustino riuscì a celare abbastanza bene la propria soddisfazione.

– Però, Paul, – riprese El Gato – se non ti dispiace, non useremo questa.

"Questa" era la foto. Il portiere la rimise con noncuranza nello schedario e lo richiuse. Poi batté un dito sulla terza cartellina e chiese: – E in questa cosa c'è? Quali parti di me hai qui dentro?

– Materiale fino al '98, mi pare. Il tuo ritorno, gli anni con il Coruna e il Flamingos. Quello che è ve-

nuto dopo è tutto sul computer. Anche le foto, inclusa quella in cui vinciamo, anzi vinci, la Coppa del Mondo.

– Allora, – domandò El Gato – pensi di avere tutto ciò che ti serve?

Paul Faustino assunse un'espressione implorante. – C'è un'ultima cosa che vorrei fare. O meglio, che *devo* fare, se non sei troppo stanco… –. Guardò l'orologio. – Senti: la mensa qui inizia a servire la colazione fra quarantacinque minuti, e di solito non è male. Se mi concedi ancora tre quarti d'ora, dopo ti porto là e ti offro quello che chiamano il Servizio Completo, che io non sono mai riuscito a finire. Affare fatto?

– Ci sto – accettò il portiere. – Cosa ti serve?

– Ho qui il nastro della finale. Vorrei rivederne alcune parti insieme a te, specialmente i rigori. Ti va?

– Sicuro –. Il portiere sorrise. – Anzi, ci sono un paio di cose che mi piacerebbe rivedere. Non ho ancora avuto modo di guardare nessuna delle repliche.

– Cosa? –. Faustino non ci credeva. – Alla televisione non trasmettono altro! Mi lasci senza parole, Gato…

Si sistemarono di fronte a un grande televisore a schermo piatto.

Faustino prese un telecomando e schiacciò un paio di tasti. La stanza fu invasa dalle note dell'inno nazionale tedesco e dai boati della folla raccolta nello stadio. Le immagini erano quelle riprese da una telecamera a mano, che carrellava sulle facce dei giocatori della squadra tedesca.

– Mandiamo avanti? – propose Faustino. – Guardiamo il gol di Masinas che ci ha portato sull'1 a 0?

– No – rispose El Gato. – Andiamo direttamente al secondo tempo, quando Lindenau ha segnato il pareggio. Vorrei vedere quello.

Faustino fissò l'amico di traverso. – Vuoi vederti mentre subisci un gol?

– Sì – ribadì El Gato. – Non accade poi tanto spesso… –. E rise.

Faustino premette un pulsante e sullo schermo i giocatori iniziarono a muoversi freneticamente. Apparvero e scomparvero le immagini della pubblicità, seguite da quelle di uomini che discutevano in uno studio televisivo. L'intervallo. Poi altre corse accelerate di giocatori in pantaloncini bianchi e magliette porpora e oro.

– Eccolo – disse Faustino.

Le immagini rallentarono e si stabilizzarono. Sullo schermo si vedeva l'attaccante tedesco Lindenau che riceveva un lungo passaggio da dietro.

– Vai un po' indietro – disse El Gato. – Il loro portiere, Walter Graaf, ha appena fatto qualcosa di fantastico!

Faustino riavvolse e i giocatori corsero scompostamente all'indietro. La palla tornò a chi l'aveva appena calciata. Un altro tasto e il tempo riprese a scorrere nella giusta direzione.

– Guarda questa! – disse El Gato. – Graaf è un gran portiere. Ho giocato tante volte contro di lui ed è solido come una roccia. Ma stai attento a questo punto: fa qualcosa che nessuno si aspettava…

Sullo schermo i tedeschi stavano giocando il tutto per tutto: erano sotto di un gol e avevano venti minuti scarsi a disposizione. Dovevano assolutamente segnare.

– Guarda –. El Gato indicò un punto sullo schermo. – Qui, qui! Il difensore, Effenberg, ha preso palla, ma non ha sbocchi. È intrappolato fra la linea laterale e l'area di rigore, perciò passa indietro a Graaf. Ora, ci sono nove probabilità su dieci che Graaf scelga di scaraventare il pallone più avanti possibile per dare tempo alla difesa di riorganizzarsi. Così pensavamo tutti, quindi quelli che stavano chiudendo su Effenberg sono tornati nella nostra metà campo. Ma cosa fa Graaf? Ecco… sta arrivando: finta una rimessa lunga e invece rilancia la palla a Effenberg. Pazzesco! I nostri attaccanti si precipitano su Effenberg, e anche il centrocampo avanza, pensando che Graaf abbia commesso un'ingenuità. Lui però corre verso il limite dell'area di rigore, dove riceve il passaggio di ritorno da Effenberg. Siamo nella finale di Coppa del Mondo e Graaf gioca un uno-due davanti alla propria porta. Fantastico! Si porta avanti la palla per più di dieci metri, poi alza lo sguardo ed effettua un favoloso passaggio in diagonale a Lindenau, che solo per poco non è in fuori gioco. Lindenau sembra voler stoppare di petto, il che lo lascerebbe con le spalle alla porta, invece è solo una finta. Si volta e lascia che la palla lo superi, ingannando Carlos Santayana. Adesso è da solo, a una ventina di metri da me…

Faustino gettò un'occhiata all'amico. Quell'uomo si stava divertendo sul serio! Guardava il video di come aveva quasi perso la finale di Coppa del Mondo contro la Germania, e ne parlava come se fosse successo a qualcun altro.

– Era chiaro – continuò El Gato – che Carlos non poteva raggiungere Lindenau, perciò dovevo uscire sulla palla, sperando di arrivarci prima che lui la colpisse. Sapevo bene che se non avessi fatto in tempo, mi avrebbe superato con un pallonetto, e sulla linea di porta non c'era nessuno a respingerlo.

– Esci dalla porta come un missile telecomandato – commentò Faustino, lo sguardo fisso sullo schermo. – Lindenau deve essersi spaventato, mingherlino com'è…

– *Speravo* di mettergli paura – spiegò El Gato.

I due guardarono alla moviola Lindenau che spediva la palla in rete, superando El Gato in tuffo con le braccia spalancate.

– Vedi cosa fa? – riprese il portiere mentre rivedevano di nuovo la scena. – Non è un pallonetto. L'istante prima che io arrivi sulla palla, la arresta completamente, là, guarda… e la alza a cucchiaio con il piede destro. Grande freddezza.

– Ok – tagliò corto Faustino. – Il risultato è di 1 a 1 allo scadere del tempo regolamentare. Nessun gol nei tempi supplementari. Andiamo direttamente ai calci di rigore? O vuoi rivedere le tre incredibili parate che hai fatto negli ultimi quindici minuti?

– No, andiamo ai rigori.

Il videoregistratore ronzò, lo schermo fu attraversato da macchie confuse di folla, mentre gruppi di calciatori, allenatori e riserve si formavano e si dissolvevano alla velocità della luce. Il pollice di Faustino armeggiò sul telecomando e apparve El Gato che camminava verso la porta, per posizionarsi e affrontare la prima serie di rigori che avrebbero

deciso l'assegnazione della Coppa del Mondo. Per qualche secondo fu l'unica figura sullo schermo, solo in mezzo al vociare del pubblico, poi la telecamera arretrò per inquadrare Dieter Lindenau che sistemava la palla sul dischetto, indugiando un po' per trovare la posizione giusta, e si preparava a prendere la rincorsa.

– Non ti guarda – osservò Faustino. – Neppure un'occhiata.

El Gato sorrise appena. – È troppo esperto per farlo. E stai attento al modo in cui prende la rincorsa: cambia direzione in modo quasi impercettibile, perciò non potevo anticiparlo o ingannarlo. La mia unica possibilità era indovinare.

– E hai indovinato – disse Faustino, mentre guardavano il tiro rasoterra infilarsi in rete a fil di palo, sulla destra, appena oltre la mano di El Gato.

– Sì, ma non l'ho parato. Quelle sono l'altezza e la posizione perfette per un calcio di rigore. Novantanove giocatori su cento in quel caso colpiscono d'interno, per avere una maggiore precisione, lui invece ha lasciato partire un tiro di punta che tuttavia non si è alzato più di dieci centimetri da terra. Difficilissimo da eseguire. Un gran rigore.

Faustino mise il nastro in pausa. – Dimmi come ti sentivi in quel momento.

Il portiere alzò le spalle. – Non ero demoralizzato. Avevo ancora quattro possibilità e sapevo che Lindenau era il loro miglior rigorista. Era ancora tutto da giocare. Poi però le cose si sono complicate...

– Già – borbottò Faustino, premendo il tasto. – L'ho visto ormai una dozzina di volte, e ogni volta ci sto male...

Sullo schermo un primo piano di Walter Graaf che affronta il rigore iniziale. Se ne sta immobile, mani sui fianchi, mentre Babayo avanza per tirare. Appena colpisce, il portiere fa un salto in alto a braccia divaricate. La palla vola poco sopra la traversa e scompare in mezzo al pubblico. Babayo si accascia, annichilito, la testa fra le mani, sopraffatto dal boato della folla che riempie lo stadio.

– Povero Babo – mormorò El Gato.

Faustino si appoggiò allo schienale e alzò gli occhi al cielo. – Non aveva mai sbagliato! Negli ultimi diciotto rigori era sempre andato a segno... Che cosa gli è successo?

– Beh, – spiegò El Gato – non era neppure mai stato così sotto pressione: sapeva che era cruciale che anche noi segnassimo il primo rigore. Non mi sorprende che abbia sbagliato. Però da quel momento ha iniziato a invadermi una paura sottile e strisciante. Allora era davvero possibile, pensavo, che la Coppa del Mondo mi sfuggisse per la seconda volta… Per l'ultima volta. Non è stato facile scrollarmi di dosso quel dubbio, mentre aspettavo che Tauber tirasse il secondo rigore per la Germania.

– Rigore che hai parato – disse Faustino. – Eccolo qui, guarda.

El Gato vide se stesso volare verso destra e scacciare con la mano il tiro di Tauber oltre il palo.

– Grande parata, amico mio – esultò Faustino. – Tauber aveva tirato una vera e propria fucilata.

– Non è stato difficile come sembra. Gli avevo lasciato libero un po' più di spazio sulla destra e lui ci è cascato. Dal modo in cui si era piegato, poi, avevo capito che avrebbe tirato alto.

– Ok, adesso arriva Masinas – continuò Faustino, curvandosi verso lo schermo. – Questo è buono.

– Sì, un vero gol da capitano. Guarda qui, vedi? Avvicinandosi al dischetto fa rimbalzare un paio di volte la palla con noncuranza, poi sorride all'arbitro e gli dice qualcosa, e anche l'arbitro sorride. In realtà fa tutto questo per Graaf. Che infatti è teso. Masinas si limita a far cadere la palla sul dischetto, senza aggiustarla. Non alza mai lo sguardo verso il portiere. Ci siamo: guarda! Un semplice tiro di piatto, portiere da una parte, palla dall'altra. 1 a 1. Eccellente, quasi fossimo in allenamento.

Paul Faustino osservò il suo amico e sorrise fra sé. El Gato guardava il filmato con il gusto e l'entusiasmo di un ragazzino. Forse, in fondo, era un uomo come tutti...

– Dunque, – riprese il giornalista, di nuovo concentrato sullo schermo – 1 a 1 e perfetta parità. Ora affronti Jan Maschler, il giovane centrocampista. Aveva fatto una buona partita, mi pare...

– Sì, e non lo avevo mai incontrato prima. Era solo la sua terza partita in nazionale ed ero sorpreso che lo avessero scelto per tirare un rigore. Non sapevo cosa aspettarmi. È un mancino, perciò ho immaginato che avrebbe tirato di potenza alla mia sinistra... Se però avesse spostato il peso durante la rincorsa, allora avrebbe indirizzato di piatto alla mia destra. E invece... guarda!

A Faustino parve che El Gato si fosse buttato in ritardo. Ma se fosse partito prima non sarebbe riuscito a bloccare con le gambe il tiro di Maschler, che aveva mirato esattamente al centro della porta. Faustino dovette ricredersi: il portiere aveva calcolato i tempi alla perfezione. Studiando attentamente il replay vide che il portiere, per una frazione di secondo, era rimasto quasi sospeso in aria, lo sguardo rivolto all'indietro verso le gambe, che scalciavano via il pallone.

El Gato scherzò: – Se dici che è una parata fortunata, non ti parlo più.

Faustino rise. – Dopo questa notte, non parlerò più di parate fortunate, te lo prometto –. Tornò a guardare il video. – Ecco Paolo Da Gama.

Osservarono il giocatore posizionare con precisione la palla sul dischetto. La telecamera si spostò su Walter Graaf, che sembrava molto sicuro di sé.

– Non ho mai dubitato che Paolo avrebbe segnato – commentò El Gato. – Fosse dipeso da me, avrei affidato a lui il primo rigore. È vero che è sempre sui giornali perché è una testa matta, ma è freddo come il ghiaccio. Guarda come calcia, senza dare un briciolo di possibilità a Graaf.

Osservarono la breve rincorsa di Da Gama, che abbassò astutamente la spalla sbagliata e infilò la palla in rete quasi di soppiatto. Graaf praticamente non si mosse. Da Gama uscì silenziosamente dallo schermo, senza alzare le mani, senza rispondere all'applauso delirante del pubblico... Il boato entrò così alto nello studio di Faustino da sembrare solido.

Ancora una volta la telecamera mostrò El Gato in primo piano sulla linea di porta, poi l'inquadratura si spostò su Tobias Mann, il massiccio difensore tedesco, che sistemava la palla per il quarto rigore.

Mentre Mann arretrava per prendere una lunga

rincorsa, il portiere disse: – In genere i difensori robusti come Mann cercano la massima potenza, più che la precisione. Dopo tutto, i metri dal dischetto alla porta sono solo undici e uno come Mann può far coprire quella distanza alla palla in meno di un secondo. Non c'è il tempo di pensare o fare calcoli. L'unica speranza è riuscire a confondere il rigorista, ma le probabilità sono a tutto svantaggio del portiere, perché lui non può muoversi finché il calcio non è stato sferrato. Così ho deciso di barare...

Faustino premette il tasto "pausa". – Che cos'hai fatto?

– Ho barato.

Sullo schermo Mann appariva congelato in un atteggiamento truce, mani sui fianchi, leggermente piegato in avanti, un'espressione di sfida sul volto.

– Cosa vuol dire che hai barato? – volle sapere Faustino. – Ho riguardato questa scena mille volte e non ti ho visto fare nulla di scorretto.

El Gato si voltò a guardare il giornalista. – L'arbitro. Sistemava tutto, controllava ogni cosa, cercava conferma dai suoi assistenti, fischiava per dare il via al rigore. Però, posizionato al margine dell'area, all'ultimo momento distoglieva sempre per un attimo gli occhi dal portiere per osservare il tiro. Non che voltasse la testa: semplicemente indirizzava lo sguardo verso la

palla nel momento in cui veniva colpita. Non riusciva a farne a meno. E io ne ho approfittato. Puoi far avanzare l'immagine un fotogramma alla volta?

– Sì, credo di sì – mormorò Faustino, studiando il telecomando. – Ecco qua.

In un susseguirsi di fotogrammi sobbalzanti si vide Tobias Mann che si dirigeva verso la palla come un toro verso il matador. Poi, appena prima del tiro, l'inquadratura si spostò su El Gato.

– Ferma qui, Paul – disse il portiere.

Faustino bloccò l'immagine. – Sei più avanti della linea di porta – osservò. – Circa mezzo metro. E... stai indicando, non è vero? Stai indicando l'angolo in basso a destra della porta. Stai dicendo a Mann dove indirizzare il tiro!

– Sì, – ammise El Gato – e ho spostato il peso sul piede sinistro per dargli un'indicazione falsa, per fargli pensare che mi sarei buttato nella direzione sbagliata.

– Non capisco... – ribatté Faustino, perplesso. – Voglio dire, Mann era già impegnato a fare ciò che avrebbe fatto. Non mi starai dicendo che lo hai spinto a voler fare qualcosa di diverso all'ultimo momento?

– Non proprio. Gli ho solo messo in testa un'altra possibilità. Fino a quell'ultima frazione di se-

condo, il suo unico pensiero era di sparare in rete la palla, senza preoccuparsi della direzione. Io però gli ho offerto una seconda opzione, troppo tardi per permettergli di scegliere l'una o l'altra. Gli ho creato confusione in testa, ecco perché ha sbagliato.

Osservarono il potente tiro di Mann che finiva oltre il palo destro.

Faustino, ridacchiando, disse a El Gato: – Sai una cosa? Di tutte le possibili parole per descriverti, una che non avrei mai usato era *infido*. Ma ciò che hai fatto è stato decisamente infido. Sono senza parole.

Il portiere non distolse gli occhi dallo schermo. – *Dovevo* vincere quella partita.

– A quel punto avrai pensato di avercela fatta – commentò Faustino. – Avevi parato tre rigori di fila, una cosa incredibile, eravamo 2 a 1 ed era il nostro turno. Se Fidelio segnava, avevamo vinto.

La telecamera inquadrò brevemente alcuni giocatori. La maggior parte dei tedeschi era seduta o accosciata sull'erba, senza avere il coraggio di guardare. Lindenau camminava avanti e indietro nel cerchio di centrocampo, gesticolando e parlando da solo. Tauber, il capitano, a braccia conserte, osservava truce Fidelio che raccoglieva il pallone e si dirigeva verso il dischetto. Il rumore, la marea montante della folla era ormai quasi insopportabile.

– È stato tremendo… – ricordò Faustino.

– Graaf qui è sensazionale – disse tranquillamente El Gato. – Lo ammiro. Sapeva che doveva parare quel rigore a qualsiasi costo, perché non era riuscito a mettere le mani su nessuno dei quattro precedenti, ma sapeva anche che la paura di Fidelio era di gran lunga superiore alla sua. Lui sapeva di poter essere perdonato se subiva un gol su rigore, ma Fidelio non era altrettanto sicuro di esserlo se sbagliava il rigore decisivo per la Coppa del Mondo. Era il momento più importante della sua carriera, e forse della sua vita. Osserva: Graaf si ferma per armeggiare con i guanti, Fidelio è già pronto alla rincorsa, ma deve aspettare e stare a guardarlo. Cinque secondi, non di più, ma cinque secondi di puro terrore. Ora Graaf è sulla linea di porta, e ha l'atteggiamento di uno che sta aspettando l'autobus. Tutto in lui comunica a Fidelio che non segnerà.

Sullo schermo si vide Graaf buttarsi alla sua sinistra per parare il tiro basso e debole di Fidelio, intercettare la palla con le braccia e farla rotolare via, inoffensiva. Lo stadio esplose di urla e fiammate, mentre migliaia di tifosi tedeschi intonavano l'inno nazionale.

Faustino sospirò, scivolando all'indietro nella seggiola. – E così Graaf li tiene in vita – commentò.

– Ancora 2 a 1, e tocca a te, Gato. Ultimo rigore… sei sicuro di volerlo guardare?

– Sì. Credo che Rilke abbia dato l'effetto alla palla, ma vorrei esserne sicuro.

Faustino lo fissò sbalordito. Qualsiasi altro calciatore avrebbe preferito nascondersi in cantina piuttosto che rivivere una scena come quella.

El Gato guardò se stesso mentre il centrocampista tedesco lo infilzava, senza fare nessun commento. Anche Faustino quindi rimase in silenzio.

Al replay, il portiere si avvicinò allo schermo. – Avevo ragione – disse. – Guarda! Rilke ha addosso la stessa pressione di Fidelio, ma non lo dà a vedere. Inizia la rincorsa, non molto lunga, sei passi, fa una piccola finta ma io non ci casco: tirerà in alto a destra, ne sono sicuro, perciò mi butto quasi prima che colpisca la palla, perché so che le imprimerà moltissima potenza… Sì, gli dà l'effetto, giusto un po'… devia leggermente la traiettoria e prima che io possa correggere la mia posizione, il pallone mi colpisce la spalla ed entra sotto la traversa.

– Ok – borbottò il giornalista. – 2 a 2. Dopo due ore e un quarto di gioco, l'intera partita dipende da Mano Elias –. Mise in pausa il videoregistratore, bloccando il giocatore longilineo che si avviava verso il dischetto. La sua maglietta giallo dorata sem-

brava di una misura più grande. – Che cosa potrà mai aver provato? – si chiese Faustino a voce alta. – Non riesco a immaginarlo. Anzi, non *voglio*. Vent'anni, e hai addosso gli occhi del mondo intero.

Una rapida carrellata sul pubblico. Facce su facce. Dipinte con i colori delle bandiere, tirate per la tensione, con gli occhi chiusi e le labbra serrate. Alcuni pregavano, i tifosi tedeschi fischiavano Elias per togliergli la concentrazione e demoralizzarlo. Ogni rigore, pensò Faustino, sembrava il dipinto di un girone infernale.

Come se gli avesse letto nel pensiero, El Gato disse: – Era troppo. In quel momento era come trovarsi all'inferno. Il rumore faceva male alle orecchie. Guardai Graaf. Poi guardai Mano. E seppi che non avrebbe segnato. Lo seppi per istinto, e fu come un pugno nello stomaco.

Guardarono il tiro di Mano che colpiva il palo alla sinistra di Graaf e usciva dallo schermo. Faustino abbassò il volume per attenuare il boato dei tifosi tedeschi, mentre la telecamera si spostava su Elias, inginocchiato, distrutto, annientato.

– Povero ragazzo – sospirò. – Il mondo lo aveva appena visto gettare al vento la coppa. Immagino che avrebbe voluto sprofondare lì dov'era.

Senza audio, El Gato e Faustino guardarono i

preparativi per i rigori a eliminazione diretta. Videro le due squadre radunarsi e discutere. La loro differenza di spirito era evidente.

– I tedeschi avevano il morale molto più alto del nostro – disse tranquillamente El Gato. – Erano come resuscitati. Basta un'occhiata per rendersi conto che sono convinti di vincere. Guarda: Tauber e l'allenatore stanno scegliendo chi tirerà, e nessuno distoglie lo sguardo. Lindenau addirittura sorride. Osserva invece i nostri…

La telecamera inquadrò l'altra metà del cerchio di centrocampo. Masinas si muoveva tra i giocatori cercando disperatamente di tirarli su di morale. Gento e Aldair erano seduti con lo sguardo a terra, quasi volessero rendersi invisibili. L'allenatore, Badrenas, teneva Carlos Santayana per il braccio, ma lui cercava di liberarsi, scuotendo la testa. Da Gama abbracciava Mano Elias, che piangeva.

– E tu, amico mio? – chiese Faustino. – Sembri perfettamente calmo. Come ti sentivi?

El Gato rise, ma non come si ride a una barzelletta. – Esausto, completamente prosciugato. Erano trascorse tre ore da quando eravamo usciti dal tunnel per entrare in quel… quell'inferno di luci e rumori. Mi sentivo a terra. Peggio, stavo perdendo una battaglia con me stesso. Volevo quella cosa – indicò la coppa, dietro di sé – più di qualunque altra cosa al mondo. Quattro anni prima ero arrivato a una partita dalla sua conquista. Quel giorno, fino all'ultimo rigore di Elias, mi ero aggrappato alla convinzione che quella volta ce l'avrei fatta. E adesso quella convinzione era svanita. Una parte di me ormai si era persuasa che non sarei arrivato a stringerla fra le mani. Cercavo di farla tacere, ma non ci riuscivo.

– E con quello stato d'animo, – continuò Faustino, occhi allo schermo – vai in porta per affrontare un altro rigore. Lascia che te lo dica, Gato: sembra che tu non abbia un briciolo di dubbio. Se ti sentivi davvero come hai detto, allora ti meriti un Oscar per la recitazione.

Fu lo stopper della nazionale tedesca, Christian Klarsfeldt, che si fece avanti per calciare, in mezzo a una terrificante valanga di urla, canti e fischi.

– Quel tizio ha avuto del fegato – commentò Faustino. – Si era addirittura proposto volontario.

– Lo sapevo – disse El Gato. – E saperlo non mi aiutava per niente.

– Riuscivi a immaginare cosa avrebbe fatto?

– Non proprio. È un destro e non segna spesso. La settimana prima avevamo guardato decine di video sui giocatori tedeschi, ovviamente. Non ce n'era nemmeno uno in cui Klarsfeldt batteva un rigore.

Per quanto ne sapevo, non ne aveva mai battuto uno. E guarda qui: mette la palla sul dischetto spalle alla porta.

– Già... piuttosto strano, no?

– Vuole mostrarmi la schiena mentre sistema la palla. Lo fa ostentatamente, per insultarmi – commentò.

La parata, pensò Faustino guardandola, era genio puro. Perfino al rallentatore era difficile capire come era stata fatta. Klarsfeldt si avvicinava alla palla di taglio. Aveva un unico piede buono, il destro, e l'angolazione suggeriva che volesse colpire di piatto e indirizzare con forza il tiro alla destra di El Gato. La palla probabilmente si sarebbe alzata, perché solo esperti come Lindenau erano capaci di tenere quel tipo di tiri rasoterra. Eppure El Gato sembrò non accorgersene: si mosse dalla parte opposta, spostando il peso sul piede sinistro. Klarsfeldt alzò la testa e lo vide: perciò, notò Faustino, se aveva avuto anche solo l'idea di cambiare direzione, quell'occhiata a El Gato lo convinse definitivamente a tirare a destra. Quello che El Gato riuscì a fare fu di sollevarsi in aria con la gamba sbagliata, la sinistra, per andare incontro alla palla. All'inizio appariva goffo, poi diventava bello.

Quell'uomo *volava*! Il suo braccio sinistro era alto, come se volesse aggrapparsi alla traversa, il de-

stro si allungava e la sua manona si apriva per deviare la palla.

Faustino guardò El Gato e vide che sorrideva.

– Niente di speciale, Paul. Ero sicuro al novanta per cento che Klarsfeldt avrebbe tirato così, e ho solo fatto in modo di togliere di mezzo quel dieci per cento di incognita.

Ancora una carrellata sul pubblico. Stavolta erano i tifosi tedeschi a testa bassa. Faustino scorse una giovane coppia, con la faccia dipinta a strisce nere, rosse e gialle, che si stringeva come se fosse a un funerale. Le immagini tornarono su Walter Graaf che andava in porta.

Nel momento in cui il portiere tedesco si fermò per guardarsi intorno, Faustino mise di nuovo in pausa il video.

– Siamo all'atto finale – disse. – Siamo al punto in cui fai ciò che fai, Gato. La cosa di cui tutto il mondo parla da due giorni.

El Gato non disse nulla, concentrato sull'immagine congelata di Walter Graaf.

– Devi spiegarmi esattamente che cosa ti passava per la testa – disse Faustino.

Spiegarlo? Ma era possibile? No, pensò El Gato. Forse perché non c'era modo di raccontarlo. O forse perché l'aveva già fatto.

Aveva raccolto la palla lasciata a terra da un ragazzo in tuta. Non sapeva perché l'avesse fatto, la sua parte per ora era finita. Ma aveva continuato a tenere in mano la palla e a lasciare vagare lo sguardo per il campo, finché aveva incontrato gli occhi di Masinas. Masinas parlò... o meglio, la sua bocca si mosse, ma senza parole, senza suono. Il boato della folla si ritirò, come un'onda, per non tornare. Ora aveva quindici anni, camminava come se fosse nel sogno di un altro, attraverso una folla di boscaioli, via da suo padre esterrefatto, giù verso un rozzo campo di calcio, disegnato con il gesso sulla terra rossa. C'era un dischetto bianco a undici metri dalla porta, dal quale dipendeva tutto: la sua vita, e la vita o la morte di altri. Le gambe lo portarono lì, davanti a un uomo chiamato Walter Graaf, che sembrava uno che cerchi di respirare sott'acqua. Ma niente di tutto ciò importava. Vide le proprie mani mettere la palla sul dischetto... e in quel momento arrivò: l'onda sonora. Ululati, trilli di uccelli, le vibrazioni di un milione di insetti, il vento che soffiava inarrestabile fra gli alberi e lo investiva in pieno. Alzò lo sguardo verso le cento lune che annullavano la sua ombra. La luce e il suono erano parte di lui, e lui era parte di loro. Guardò la porta dove, un'ora o forse solo un momento prima, aveva visto affogare Graaf. Un ragazzo spaventato, un ragazzo soprannominato Cigue-

ña, stava lì, tutto braccia e gambe. Dietro, si ergeva il muro buio della foresta. Per un momento provò dispiacere per Cigueña, sapendo che stava per annientarlo. Provò dispiacere perché la traiettoria della palla andava oltre il ragazzo, direttamente in rete, e il ragazzo non poteva vederla. Ma si allontanò lo stesso dal pallone, si fermò e guardò negli occhi del ragazzo, nei propri occhi, negli occhi di Graaf, e ci lesse la paura. Si assicurò che fosse forte e ben radicata, prima di iniziare la rincorsa. Il contatto con la palla fu bello: gli parve di volare in rete con lei. Il sibilo della rete che si gonfiava gli giunse attraverso lo spaventoso boato della foresta. La gioia gli esplose dentro, come a un felino dopo la caccia, e la tempesta urlò: GATO! GATO!

Capitolo 20

Faustino chiamò: – Gato?

Si accorse che era alla finestra. Il buio della notte iniziava a tingersi di una sfumatura giallognola. Le stelle morivano. Il giorno nasceva.

– Gato? – chiamò di nuovo. – Gato, non hai detto nulla… Coraggio, siediti. Che cosa devo scrivere?

– Che ho fatto quello che dovevo fare.

Faustino osservò quell'uomo appoggiato alla finestra, lo stesso che sullo schermo veniva portato sulle spalle dai compagni di squadra, la Coppa del Mondo tra le mani.

– Sono stanco – disse El Gato. – Possiamo guardarlo un'altra volta. Abbiamo tutto il tempo di questo mondo.

Paul Faustino cercò di controllare la propria voce. – Amico mio, *non* abbiamo tutto il tempo di questo mondo –. Tornò alla scrivania, si sedette e prese le tre cassette registrate. La quarta era ancora nel registratore. – Abbiamo parlato tutta la notte. C'è materiale in abbondanza per tre articoli. Hai idea di quanto mi ci vorrà per mettere tutto quanto su carta? Anche se stessi sveglio per le prossime diciotto ore, forse non ce la farei comunque per l'edizione di domani. Perciò, per favore, parlami dell'ultimo rigore…

El Gato si sedette di fronte a Faustino. – Lo faremo un'altra volta – ripeté.

Faustino esplose. – Ma insomma, Gato! Non mi sei stato ad ascoltare?

Il portiere non fece una piega. – E tu non hai ascoltato *me*, Paul?

– Cosa?

– Paul, stanotte ti ho raccontato cose che non avevo mai raccontato prima. A nessuno. Pensi che lo abbia fatto solo per divertire i tuoi lettori?

Il giornalista fece un'espressione stupita. – Cosa vuoi dire?

Senza distogliere lo sguardo, El Gato rispose: – Niente di tutto quello che ti ho detto stanotte uscirà mai su un giornale.

Faustino schizzò in piedi come se avesse preso la scossa. Appoggiò le mani divaricate sul tavolo. La luce della lampada, colpendolo da sotto, lo faceva sembrare uno spettro. – Cosa? Stai cercando di dirmi che quello che mi hai raccontato era in via confidenziale? È questo? Lascia che ti dica *io* una cosa: no. Hai accettato di rilasciare quest'intervista. Hai intascato dei soldi. E io la pubblicherò. Non puoi impedirmelo!

Il portiere alzò le mani. – Ascolta, Paul. Non voglio impedirti di pubblicare un bel niente, anzi, è proprio quello che ti chiedo di fare. Siediti, per favore.

Quando infine Faustino si sedette, El Gato riprese: – Voglio che tu consideri attentamente quanto sto per dirti.

Il giornalista stava già considerando attentamente un sacco di cose: vendite mancate, niente aumento di stipendio, lavoro perso. Non da ultimo cause legali.

Il portiere disse: – Paul, voglio che tu scriva un libro.

– Un che?

– Un libro, Paul. Se quello che ti ho detto finisce su un giornale, cosa ci ricaveremo? Verrà buttato nella spazzatura insieme a tutto il resto. Non servirà a nessuno.

– Servirà – ribatté Faustino accalorandosi – a far conoscere un sacco di cose affascinanti sull'uomo che ha appena vinto la Coppa del Mondo. Ti crea qualche problema?

– Sì, – rispose El Gato – mi crea un problema. Perché, indipendentemente da come la scriverai, questa storia parla di me. È così che venderete i giornali: mettendo il mio nome in prima pagina. Ma la storia che ti ho raccontato non parla solo di me: parla di persone diverse, di animali, della foresta. Anzi, la maggior parte del racconto riguarda un *fantasma*, una persona che non esiste e non ha nome. Pensi che un giornale che finirà nella carta straccia sia il posto migliore per tutto questo?

Faustino si prese la testa tra le mani, come per impedirle di scoppiare. – Gato, Gato, – disse – che cosa mi combini? Io sono un giornalista! Vengo pagato per questo. Il tuo agente e il mio capo hanno siglato un accordo per un'esclusiva. È vero, sono un po' in ritardo, ma quando il mio capo vedrà cos'ho in serbo per lei, può anche darsi che io inizi a piacerle un po'. Anzi, magari sentirà improvvisamente di volermi bene. Potremmo vendere un milione di copie in più, e tu mi chiedi di non darle niente? Tu sei matto.

– Se la storia può far vendere un milione di copie di giornale, allora potrà far vendere un milione di libri – insistette El Gato.

Faustino sospirò. Si alzò e andò alla finestra, dalla quale iniziava a entrare un po' di luce. – Una storia di fantasmi. Con me come scrittore fantasma. È così?

Il portiere rise. – Sì. Buona idea. Ho già un titolo: *Il campione*. Che te ne pare?

Senza voltarsi, Faustino alzò le spalle. – Beh... non male –. Poi si voltò e fronteggiò l'amico: – Senti, voglio essere sincero con te. Non riesco a credere alla storia del Portiere. Tutte quelle cose soprannaturali... lo so che non mi stai mentendo. Il problema è che non ti credo lo stesso.

Senza smettere di sorridere, El Gato disse: – Lo so. Me lo hai fatto capire chiaramente.

– Davvero?

– Certo. Ma non importa. Sei un bravo scrittore e puoi scrivere anche di cose in cui non credi.

Faustino aveva già pubblicato tre libri. Sull'ultimo avevano anche messo una sua bella foto sul retro. Sapeva quanto fosse piacevole tenere in mano qualcosa che hai scritto, qualcosa con il tuo nome stampato in copertina. Non lo avrebbe mai confessato, ma un sacco di volte era andato su Internet a digitare "Paul Faustino" su un motore di ricerca,

per poi sciogliersi di soddisfazione quando quella foto compariva sullo schermo. Per la verità quel libro non era stato una gran fatica: era solo una raccolta di aneddoti sportivi ripescati nei suoi archivi. Sembrava invece che El Gato pensasse a qualcosa di completamente diverso... E Faustino non era sicuro di esserne all'altezza.

– Non so – disse.

El Gato attese. Era come giocarsi la partita contro un attaccante avversario. Sentiva che il giornalista cominciava a immaginarsi come Scrittore con la S maiuscola, e tra breve avrebbe cominciato a pensare ai soldi. Lui era stato sull'auto di Faustino: una macchina sportiva di importazione che ogni due mesi aveva bisogno di costose riparazioni. E ne capiva abbastanza di abiti per immaginare quanto avesse pagato la giacca che indossava. Perciò aiutò il suo amico a fare due conti.

– Forse non ci hai ancora pensato, Paul, ma quanto pensi che ti pagheranno per questo articolo? Una bella gratifica sullo stipendio di fine mese? Non ho idea di quanto potremmo ricavare dal libro, ma...

Il giornalista tornò al tavolo. – Sì, va bene, può essere. L'idea mi piace. Però, per favore, ascolta. Hai parlato di soldi. Il mio giornale ti ha pagato una certa cifra, non mi importa quanto, per questa intervista. Cosa succederà quando andrò nell'ufficio della mia direttrice a dirle che non c'è nessuna intervista? Che tutto quello che mi hai detto non lo scrivo perché voglio pubblicarlo in un libro? Il meno che potrebbe fare è licenziarmi. Non posso.

– Ma tu gliela darai, un'intervista. Faremo anche quella.

– Ma Gato, – gemette Faustino – lei ha pagato per un'esclusiva! Qualcosa di speciale! Sai cosa vuol dire?

– Certo che lo so. Se vi do un'esclusiva, tu farai il libro con me?

– E quale sarebbe l'esclusiva?

– Mi ritiro – disse il più forte giocatore del mondo.

Nessuna risposta.

– Mi ritiro. Smetto. Avete visto la mia ultima partita.

CAPITOLO 21

Paul Faustino si sedette davanti al portiere. – Cosa? Prima di tutto, Gato, lo hai detto a qualcuno? La tua squadra lo sa? Badrenas lo sa? Badrenas è il miglior allenatore della nostra nazionale da vent'anni a questa parte, ma non mi piace e io non piaccio a lui. Se viene a sapere di una cosa come questa da un mio articolo potrebbe uccidermi. Anzi, mi ucciderà di sicuro.

– Badrenas lo sa – lo tranquillizzò El Gato. – Lo sa già da un po': gliel'ho detto prima della finale. Anche la mia squadra lo sa. Ho ribadito la mia decisione a Luis Ramirez ieri sera, prima di venire qui.

Faustino si allarmò. – Ma allora rilasceranno dei comunicati stampa e ben presto lo sapranno tutti!

– No. Aspettano che tu li chiami stamattina. Anzi, entro le prossime due ore. Ti confermeranno la mia decisione, e lo faranno solo a te. Domani pomeriggio Badrenas, Luis e io terremo una conferenza stampa, ma a quel punto il tuo giornale sarà già in edicola con la storia. Me lo hanno promesso e me lo devono. Ah, e c'è anche questa... –. Dalla tasca interna della giacca El Gato estrasse una busta. – È una mia dichiarazione sulle motivazioni del ritiro, sotto forma di lettera. Una lettera indirizzata a te personalmente. Puoi pubblicarla così com'è, sarebbe una notizia sensazionale.

Faustino si appoggiò allo schienale e guardò il portiere. Sulla sua faccia si fece strada un largo sorriso. Si alzò, andò al telefono a parete e alzò il ricevitore. Prima di comporre il numero si voltò verso El Gato.

– Ho sempre desiderato farlo –. Premette i tasti, attese due secondi, poi disse: – Vittorio, ferma la prima pagina.

Faustino fece due lunghe telefonate. El Gato attese pazientemente.

– Mi dispiace averti fatto aspettare – disse il giornalista quando infine sedette di nuovo al tavolo.

Il portiere fece un gesto per dire che non importava. Il nastro nel registratore ripartì.

– Allora, – iniziò Faustino – perché? Hai trent'anni, che per un portiere non sono tanti. Sei all'apice della carriera. Secondo me stai giocando al meglio di sempre. E hai vinto questa –. Dette un colpetto sulla cupola liscia della coppa. – Perché ritirarsi? Avresti ancora molti anni da giocare.

El Gato rispose: – Le ragioni, quelle che voglio che si sappiano, sono nella lettera. Ma hai risposto da solo alla tua domanda, Paul. Sì, ho ancora molti anni davanti a me, una vita intera, e voglio impegnarla in qualcosa. Qualcosa di più importante del calcio.

– Più importante del calcio? –. Faustino alzò le mani e strabuzzò gli occhi. – Non riesco a credere che tu l'abbia detto.

Afferrò il microfono e parlò scandendo bene le parole. – Il più grande calciatore del mondo, il mitico El Gato, ha appena dichiarato che nella vita c'è qualcosa di più importante del calcio. Tra un attimo, quando avrà smesso di ridere, io, Paul Faustino, lo sfiderò a rivelare che cosa possa mai essere questo "qualcosa".

Per un po' il registratore incise soltanto le voci dei due uomini che ridacchiavano.

Alla fine Faustino disse: – Ok, amico, di che cosa si tratta? Hai intenzione di conquistare il mondo?

– Non proprio. Solo di salvarne una parte.

Faustino si fece serio. – E cioè?

– Devo molto alla foresta, e ora voglio restituirle qualcosa.

– Cosa? – sbottò Faustino. – Vuoi dirmi che rinunci al calcio per diventare un ecologista?

– Qualcosa del genere. E tu mi farai compagnia.

– Io?

– Tu. Scriverai con me quel libro.

– Ehi, – precisò Faustino – aspetta un momento. Se, e dico se, scrivo quel libro, sarà perché il mondo è interessato a te. E, per essere onesti, anche perché penso di guadagnare un bel po' di soldi. Non ho intenzione di devolvere tutto a qualche associazione per la salvaguardia della foresta pluviale.

– Nessuno te lo chiede. Divideremo i guadagni al cinquanta per cento e dei tuoi soldi puoi fare quello che vuoi, così come io farò quello che voglio con i miei.

Il giornalista si appoggiò allo schienale e tamburellò con le dita sul tavolo. Per un po' non disse nulla. – Quindi il mio titolo di testa per l'edizione di domani della *Nación* sarà: *EL GATO LASCIA IL CALCIO PER SALVARE LA FORESTA PLUVIALE.*

L'omone si piegò nel cono di luce della lampada e fissò Faustino negli occhi. – No. Perché mi farebbe apparire come una specie di fanatico. Te lo proibisco, Paul, seriamente. E, a parte tutto, rovinerebbe la sorpresa del libro. Non sei d'accordo?

Certo che Faustino era d'accordo.

– L'altra ragione – aggiunse El Gato – è che, come giustamente hai detto, io ho vinto questa –. Posò la sua grande mano sul trofeo. – Cos'altro è rimasto? Per quanto riguarda il calcio, ho fatto tutto quello che mi ero prefissato di fare. Che avevo bisogno di fare. Quattro anni fa, quando la Francia ci eliminò in semifinale, ero distrutto. Mi sentivo come uno che sia partito per scalare l'Everest e abbia dovuto rinunciare a pochi metri dalla vetta. Ma ora ci sono arrivato. In ritardo di quattro anni, ma ci sono –. Accarezzò l'oro lavorato del trofeo. – Non è poi così bella, vero?

Faustino spense il registratore, si alzò, si stirò. – Ho un paio di cose da sbrigare. Un'altra telefonata da fare, un paio di appuntamenti da disdire. Poi ci dedichiamo seriamente alla colazione. Cinque minuti, ok?

El Gato sollevò lo sguardo dalla Coppa del Mondo. – Come vuoi. Ti dispiace se intanto do un'occhiata alla Biblioteca del Sapere Inutile di Faustino?

Il giornalista era già con il telefono in mano. – Accomodati pure – disse, poi iniziò a parlare nel ricevitore.

Stava ancora parlando quando El Gato sbucò nuovamente dalla porta. – Paul?

C'era qualcosa nella sua voce, una vibrazione, che fece subito voltare Faustino. Il portiere aveva tra le mani un libro che Faustino riconobbe immediatamente. Non era proprio un libro, ma un album di foto. Vecchio, con la copertina di pelle marrone ormai ingiallita. El Gato lo teneva aperto, fissando una pagina.

– Che c'è, Gato?

Il portiere depose l'album sul tavolo, accanto alla Coppa del Mondo. C'era qualcosa di così intenso nel modo in cui guardava quella foto che Faustino riattaccò il telefono. Poi andò al tavolo.

– Che squadra è questa? – chiese El Gato.

Faustino osservò la foto, una piccola immagine in bianco e nero fissata alla pagina in una cornice ingiallita. Undici giocatori nella posa classica: cinque davanti, accucciati, sei dietro, in piedi a braccia conserte. Un ometto con un completo bruttissimo era in piedi a un'estremità della fila. L'uomo robusto, accosciato al centro, era ovviamente il capitano e teneva le mani appoggiate su un pallone. Indossavano maglie dai colletti alti a larghe strisce verticali. Sotto la foto c'erano, scritti a mano con un inchiostro ormai sbiadito, i nomi dei giocatori.

– Non lo sai? – chiese Faustino.

– Se lo sapessi non te lo avrei chiesto – rispose El Gato con una certa impazienza.

– Scusa – disse Faustino. – È che mi sorprende. È vero anche che non ci sono molte foto di questi ragazzi. Si tratta della nazionale del periodo 1948-1950. Dicono che sia stata la più grande nazionale della nostra storia. I Dispersi.

– I Dispersi? –. El Gato non staccava gli occhi dalla foto.

– Sono scomparsi – spiegò Faustino. – Dicono tutti che fossero eccezionali. Non persero una sola partita in due anni ed erano i favoriti per vincere la Coppa del Mondo a Rio de Janeiro nel 1950. Erano più forti anche dell'Italia. *Molto* più forti, dicono. Con loro avremmo vinto la Coppa del Mondo per la prima volta.

– E cosa accadde?

– La squadra decollò per Rio tre giorni prima dell'inizio della fase finale, ma non arrivò mai. Si pensa che il loro aereo sia precipitato nella giungla. A quei tempi tra qui e Rio era tutta un'unica distesa di alberi. Probabilmente sono incappati in una tempesta. L'esercito inviò per una settimana aerei di ricerca, ma senza risultato. La foresta li aveva inghiottiti.

Squillò il telefono. – Scusami – si interruppe Faustino, e andò a rispondere. Poco dopo udì la porta chiudersi. Si guardò intorno: El Gato se n'era andato. Faustino pregò la persona al telefono di aspettare e uscì nel corridoio. Non c'era nessuno, ma le porte dell'ascensore erano chiuse e l'indicatore dei piani mostrava che stava scendendo verso il basso.

Faustino tornò in ufficio. Avrebbe dovuto riprendere il telefono, ma non lo fece. Portò l'album di fotografie più vicino alla luce e lo studiò. Guardò attentamente la foto: lo colpì la figura alta al centro della fila in piedi. Era difficile farsi un'idea della sua fisionomia, perché portava un berretto all'antica, con la tesa che gettava un'ombra scura sulla parte superiore del volto, nascondendo gli occhi.

Faustino stava scorrendo i nomi sotto la foto, quando si accorse che la Coppa del Mondo non era più sul tavolo.

Capitolo 22

Il falco si librò nel sole del mattino, gli occhi fissi sul sentiero rossastro che attraversava la foresta molto al di sotto di lui. Su quel sentiero si muovevano i veloci animali luccicanti. Su quel sentiero, ora, il falco si nutriva. Non doveva più cacciare nell'intrico della foresta, perché i veloci animali luccicanti uccidevano ma non si fermavano a mangiare. Lasciavano la preda sul sentiero e correvano via, mentre il loro rombo cupo svaniva in lontananza. Tutto ciò che il falco doveva fare era aspettare sospeso nel vento. E poi calare.

Non dovette attendere a lungo. Il sole lasciava ancora in ombra metà del sentiero, quando il suo occhio scorse la prima nuvola di polvere e il primo

bagliore di luce sulla corazza di un animale veloce. Si preparò, oscillando leggero nell'aria calda.

L'auto era una quattro ruote giapponese leggermente ammaccata. Non era un tipo di veicolo che attirasse l'attenzione: per questo l'uomo al volante l'aveva preferita alla Mercedes nuova che gli avevano offerto al noleggio. La strada era accidentata, ma molto meno di come la ricordasse. C'era poco traffico: nella foresta il taglio era appena cominciato e i grossi camion che trasportavano il legname non si erano ancora messi in viaggio. Una volta o due dovette sterzare bruscamente per evitare piccoli animali. Arrivò in paese all'ora che aveva programmato: dopo che gli uomini erano andati al lavoro e i bambini a scuola, e prima che le donne uscissero di casa. Fu sorpreso di trovare un cartello che gli indicava dove fosse: non c'era l'ultima volta che era stato lì. Il paese allora non aveva un nome da scrivere su un cartello.

Parcheggiò accanto alla chiesa e scese. Dopo essersi guardato intorno per qualche secondo, forse per essere sicuro che nessuno lo vedesse, aprì il bagagliaio ed estrasse due piccoli mazzi di fiori bianchi e uno zaino di pelle.

Chiuse la macchina e percorse il marciapiede sconnesso che portava al cimitero.

Sebbene le tombe fossero sistemate in file dritte e a intervalli regolari, non ce n'erano due uguali. Alcune erano sfarzose, ricoperte di statuette dipinte, fiori di plastica, giocattoli, piattini colmi di dolci, messaggi scritti, persino gagliardetti di squadre di calcio e figurine di giocatori. Altre erano coperte di ghiaia bianca, altre ancora erano semplici rettangoli di terra cosparsa di pietrisco. Quasi tutte avevano lapidi di cemento dipinto di bianco, con una foto dietro un vetro. E tutte le foto mostravano persone che sembravano lontane mille miglia dal pensiero della morte.

El Gato si fermò di fronte a due tombe poste una di fianco all'altra. Erano bordate di pietra rosa e coperte di ghiaino bianco. Le lapidi erano in marmo, insolitamente costose per quel posto. Una foto mostrava un uomo di mezza età, sorridente, con un'aureola di capelli crespi. L'altra un'anziana donna di nome Maria, che guardava l'obiettivo come se fosse una pistola.

El Gato pose un mazzo di fiori davanti a ciascuna. Poi si inginocchiò, aprì lo zaino e tirò fuori una medaglia attaccata a un nastro dorato. Scavò con le mani una buca nel ghiaino della tomba dell'uomo e la seppellì. Poi si rialzò, prese lo zaino e se ne andò.

Si aspettava di avere qualche difficoltà a ritrovare la casa, invece no. Ciò che lo sorprese e lo preoccupò

fu che non era più al margine della foresta. Il paese aveva ricacciato indietro gli alberi: l'area dietro la casa, dove un tempo grufolavano i maiali e beccavano i polli, era diventata una strada, lungo la quale erano parcheggiate delle auto. Il punto da cui partiva il sentiero che si inoltrava nella foresta era ora occupato da nuove case, piene di antenne e parabole.

Però il muro scuro degli alberi era ancora lì. Respinto più indietro ma ancora lì. Ancora vicino, ancora buio. E questo gli diede speranza.

Passò sul retro delle case e trovò facilmente il sentiero che cercava. Lo seguì, incerto, perché l'ultima volta che aveva provato a percorrerlo si era perso.

Ma questa volta la foresta gli si aprì davanti e lo guidò. Si inoltrò nel folto degli alberi, nell'oscurità ombrosa, come seguendo qualcuno di cui si fidava. Stavolta, quando spostò la cortina di spesse foglie carnose ed entrò in quella radura *impossibile*, non era sorpreso. Camminò sul tappeto erboso come un uomo che passeggia sul prato davanti a casa una mattina d'estate.

In quel silenzio assoluto arrivò fino alla porta e appoggiò la mano sul palo sinistro, per sentire le antiche screpolature. Poi andò al centro della radura, in quello spazio verde che aveva cambiato la sua vita. Si tolse lo zaino di spalla e lo depose sull'erba. Fece un passo indietro e attese.

Il Portiere uscì dagli alberi, una sagoma indistinta e sfuocata, come sempre. Quando entrò nella luce della radura, il suo contorno si fece più stabile. Come un tempo, i suoi occhi erano persi nell'ombra sotto il cappello all'antica. Si fermò a cinque metri da El Gato.

El Gato aveva già pensato a quello che avrebbe detto. O, meglio, aveva provato molti discorsi, ma alla fine non ne aveva scelto nessuno. Non sapeva quanto il Portiere già sapesse.

Sperava che avrebbe parlato lui per primo, ma non accadde.

Così, semplicemente, disse: – Sono tornato.

I muscoli sul volto del Portiere si contrassero, come se stesse cercando di liberarsi di qualcosa che aveva in bocca. Come se facesse fatica a ricordare come si fa a parlare. Le sue labbra si mossero e le parole arrivarono. Un po' in ritardo, come al solito. – Lo vedo.

A El Gato le frasi uscirono di bocca in un confuso tumulto. – Mi dispiace di averci messo così tanto. Ci ho impiegato più di quanto pensassi. Credevo di poter venire qui quattro anni fa. Il pensiero di te che aspettavi, che aspettavi da così tanto mi, mi…

– Ti… cosa, figliolo?

– Mi ha tormentato. Mi ha perseguitato.

Il Portiere alzò una mano. – E ti ha reso grande – disse. – Ti ha permesso di portare a termine qualcosa. Per quanto riguarda il tempo… – alzò le spalle – ci siamo abituati. Per noi è come la pioggia, sapevamo che sarebbe finita e sarebbe tornato il sole.

– Avevo paura che pensassi che avrei fallito. Che non sarei tornato.

– Non ne ho mai dubitato – disse il Portiere.

Ci fu un silenzio. L'uomo vivo e l'uomo che non era riuscito a morire erano uno di fronte all'altro, nella quiete sovrannaturale.

Fu il Portiere a parlare: – Credo che tu ci abbia portato qualcosa –. Tese le braccia come un padre le tende a un figlio. Tremavano.

El Gato aprì lo zaino e ne estrasse qualcosa avvolto in una maglia dorata. Quando porse la Coppa del Mondo al Portiere, le loro dita si sfiorarono. Era la prima volta che venivano in contatto. Le dita del Portiere non erano né calde né fredde, ma lasciarono come un'impronta di torpore sulla mano dell'uomo vivo.

Il cambiamento che avvenne nel Portiere fu lieve ma stupefacente. Tenendo la Coppa nelle sue grandi mani, si fece più solido. Fu come veder uscire un

personaggio dallo schermo o un riflesso dallo specchio. Era corpo, non più aria. E gettava un'ombra, un'ombra netta e ben definita sull'erba. Sollevò il trofeo sopra la testa e alzò il viso per ammirarlo. La luce dorata riflessa dall'oro illuminò il suo volto. Per la prima volta El Gato vide gli occhi del Portiere: pupille nerissime in iridi color ambra, dove brillavano lacrime.

Per lungo tempo il Portiere non si mosse.

Poi i Dispersi, i Morti-In-Attesa, uscirono dalla foresta.

All'inizio sembrarono deboli interferenze del campo visivo: forme più scure nell'oscurità degli alberi. Poi entrarono nella radura. E divennero uomini. Indossavano la vecchia maglia della nazionale a grandi bande dorate verticali. Il capitano, Di Meola, arrivò per primo. Poi il piccolo allenatore grassoccio, Santino, in quel suo completo orrendo. Dietro di lui Miller, El Louro, l'ala dai capelli biondi, Cabral, Vargas, Neruda, tutti gli altri. Si riunirono attorno al Portiere, senza fare caso a El Gato. Forse non potevano vederlo. Il Portiere abbassò la coppa e la porse a Di Meola. Di Meola la baciò e poi si accucciò al suolo, posando il trofeo davanti a sé. Due giocatori per parte si accosciarono accanto a lui, le braccia uno sulle spalle dell'altro. Gli altri sei, con il

Portiere al centro e Santino a destra della fila, si posizionarono dietro, a braccia conserte.

Attraverso le lacrime, gli occhi di El Gato contemplavano ora dal vivo la foto che avevano visto nell'ufficio di Faustino. Con la differenza che la mano di Di Meola era posata non sul pallone, ma sul trofeo che avrebbe dovuto vincere. E che quei giocatori non erano vivi.

Un'improvvisa folata di vento, *impossibile* in quella mattina tranquilla, agitò gli alberi. Un boato attutito, di una folla lontana che esultava, riempì per un istante la radura. El Gato guardò le cime degli alberi che si muovevano felici della propria energia; quando abbassò lo sguardo sui Dispersi, stavano già svanendo. Il Portiere fu l'ultimo ad andarsene, il braccio destro levato. I suoi occhi morirono come stelle al mattino.

El Gato raccolse la Coppa del Mondo, un magico pezzo di metallo senza valore. La avvolse nella maglia, la rimise nello zaino e uscì dalla radura. Il sipario di foglie lucide e carnose si chiuse dietro di lui.

Quasi immediatamente la foresta allungò le sue sottili dita verdi per riprendersi quello spazio aperto.

Indice

Capitolo 1 5
Capitolo 2 15
Capitolo 3 25
Capitolo 4 35
Capitolo 5 47
Capitolo 6 57
Capitolo 7 65
Capitolo 8 77
Capitolo 9 85
Capitolo 10 93
Capitolo 11 107
Capitolo 12 127
Capitolo 13 141

Capitolo 14 151
Capitolo 15 159
Capitolo 16 175
Capitolo 17 189
Capitolo 18 207
Capitolo 19 217
Capitolo 20 243
Capitolo 21 251
Capitolo 22 259